아브락사스의
정원

아브락사스의
정원

이평재 소설

ROMAN
COLLECTION
010

나무옆의자

차 례

길 건너편에는 많은 젊은이들이 모여 있었다. 그들은 나이트클럽에서 흘러나오는 보저스의 이디엠 음악에 맞춰 몸을 흔들어댔다. 나는 그들 중 반은 마약을 했을 거라는 생각을 하며 손목시계를 들여다봤다. **10시 42분**. 짜증이 치밀었다. 내가 어쩌자고 이곳까지 왔는지 모르겠다는 생각이 들었다. 다이애나가 또다시 어떤 해괴한 짓을 벌이려고 나를 이곳으로 보냈는지 모르겠다는 생각도 들었다. 그러나 나는 편의점에서 신문을 하나 사 들고, 다이애나가 시키는 대로 카페 '데미안'으로 들어갔다. 다행히 마리는 보이지 않았다. 역시 포스기 앞에 서 있던 '장'이 나를 먼저 알아보고 큰 소리로 외쳤다.

"유명한 스타께서 웬일이야?"

카페 안에 있던 사람들의 시선이 일제히 나에게 쏠렸다. 몇 몇은 내 이름을 속닥거리며 휴대폰을 들고 사진을 찍기 시작했다. 나는 많이 불편했다. 성큼성큼 창가 쪽 테이블까지 걸어 들어가 그들로부터 고개를 돌리고 앉았다. 손에 들고 있던 신문을 펼쳐 들고 최대한 얼굴을 가렸다.

잠시 뒤, 장이 예전과 다름없는 모습으로 나에게 다가왔다. 흰색 오버핏 원포켓 헨리넥 셔츠와 남색 스트라이프 슬랙스 차림, 그리고 염색을 하지 않은 것이 오히려 멋스러운 희끗희끗한 머리와 라켓볼로 다져진 적당한 몸매. 달라진 것이 있다면 셔츠의 소매가 롤업 스타일에서 7부로 바뀐 것이었다. 롤업 스타일이 로맨틱한 느낌은 있지만 일을 할 때는 귀찮을 수도 있겠다는 생각을 하며 나는 테이블 위에 신문을 내려놓았다. 다시 한 번 손목시계를 들여다봤다. 그러곤 장과 나 사이에 흐르는 서먹한 기운을 웃음으로 무마하며 장에게 말을 건넸다.

"이 동네는 여전하네요?"

"늘 그렇지 뭐. 그런데 연락도 없이 무슨 일이야?"

"그냥 지나가는 길에 들렀어요."

장이 설마, 하는 표정으로 다시 물었다.

"잘나가는 스타께서 날 만나러 온 건 아니겠고, 뭐야?"

나는 일부러 실내를 둘러보면서 무심한 척 태연하게 물었다.

"그러고 보니 마리가 안 보이네요? 근무 시간이 아닌가 보죠?"

장은 대꾸를 하지 않았다. 나는 멋쩍어 다시 말했다.

"새벽 근무면 이제 곧 출근하겠네요."

이상한 일이었다. 이번에도 장이 계속 대꾸를 하지 않고 나를 빤히 쳐다보기만 했다. 나도 그의 얼굴을 빤히 쳐다보았다. 서로 간에 피곤한 순간이었다. 나는 생각했다. 장이 나의 말을 씹는 이유가 무엇일까, 나에 대해 모든 것을 다 알고 있으면서 왜 이러는 걸까. 나를 경계하고 있는 게 틀림없었다. 아니면 마리에 관해 내 입으로 먼저 말을 해주기를 기다리고 있는 것인지도. 하지만 나는 모든 것이 귀찮았다. 골치가 아팠다.

다행히 바로 그때, 홀 가운데 테이블에 앉아 있는 남자가 여기요, 하고 장을 향해 빈 맥주병을 흔들어 보였다. 장은 그제야 나에게서 시선을 거두며 자리에서 일어났다. 나는 다시 한 번 손목시계를 들여다보았다. **10시 48분**. 11시가 되려면 아직 십이 분이나 남아 있었다.

　초조했다. 나는 그 초초함을 달래기 위해 탁자 위의 신문을 들여다보았다. 이성 잃은 궤변, 그들만의 잔치 언제까지, 이번엔 죽음을 정략적 이용, 상식이 통하는 법과 사회, 정치계는 지금 마약 사위 논란, 지금 필요한 건 해명이 아니라 뭐? 등등. 눈길이 가는 대로 큰 활자체를 읽었다. 그러다가 고개를 숙여 얼굴을 신문 가까이 대고 '주인의 눈알을 뽑아버린 알락해오라기'라는 헤드타이틀의 기사를 읽기 시작했다. 알락해오라기라면 쇠가마우지, 흑두루미, 큰고니, 팔색조와 함께 보호야생조류였다. 우리나라에선 거의 찾아볼 수 없는 세계적으로 희귀한 겨울철새였다. 그래서 얼마 전 시화호 상류에서 두 쌍이 발견되었을 때 방송이나 신문 등 각종 매체들이 떠들썩하게 다룬 적이 있었다. 한마디로 카나리아나 문조, 잉꼬처럼 개인이 소유할 수 있는 새가 아니었다. 그런 알락해오라기가 주인의 눈알을 뽑아버리다니! 나는 강한 호기심에 이끌려 기사를 끝까지 읽었다. 그리고 너무나 어처구니없는 사실에 웃음을 터뜨렸다.

"뭐가 그렇게 웃겨?"

손님에게 맥주를 가져다주고 다시 돌아온 장이 나를 따라 웃으며 물었다. 나는 기사를 손가락으로 가리키며 대답했다.

"이거 완전 코미딘데요? 눈알이 뽑힐 만하네요."

이미 기사의 내용을 알고 있는 듯 장이 말했다.

"지난겨울에 갈대밭에서 포획했다지. 먹이를 주려고 개구리를 잡아서 우리 안으로 들어갔다가 당했다면서?"

"그런데 더 웃긴 건, 이 남자가 자칭 도사라는 거예요. 평소에 자기가 축지법을 쓴다고 떠들고 다녔고, 이 알락해오라기도 축지법으로 다가가 잡았다는데요. 어이가 없네요. 이거 혹시 시화호에 나타났던 두 쌍 중 하나가 아닌지 모르겠어요."

"나도 그런 생각이 들긴 했어. 그나저나 독수리도 아니고 어떻게 눈알을 뽑혔지?"

"알락해오라기도 덩치가 크고 영리하다잖아요. 다큐멘터리를 봤는데, 몸길이가 칠십 센티미터 정도 되고, 적이 나타나면 부리를 위로 쳐들어 목을 곧게 펴서 갈대인 것처럼 위장을 한다고 해요. 들쥐나 개구리 뱀 같은 걸 잡아먹고 산다니까 궁지에 몰리면 사람도 해칠 수 있겠죠. 야생 철새를 몇 달씩이나 꼼짝 못 하게 잡아 가뒀으니 그럴 만도 해요."

장은 고개를 끄덕였다. 그러나 나는 장이 건성으로 고개를 끄덕이는 걸 알 수 있었다. 그리고 내가 다이애나에게 포획된 알락해오라기 같다는 생각이 밀려들어 갑자기 화가 치밀었다.

나는 더 이상 말을 잇지 않았다. 테이블 위에 놓인 메뉴판을 한동안 만지작거리며 마음을 가라앉혔다. 그러다가 메뉴판을 무심코 들춰보았다. 장의 변함없는 모습처럼 메뉴 내용도 여전했다. 이 년 전 내가 개발한 메뉴들도 그대로였고, 마리와 장난스럽게 지었던 메뉴 이름도 그대로였다. 나는 장에게 말했다.

"내일 아침 일찍 촬영이 있어 술은 먹으면 안 될 것 같고, 차나 한잔 할게요."

"레모네이드 만들어 오라고 했다. 너 그거 좋아했잖아?"

"그걸 기억하고 계세요?"

장은 대답 없이 빙그레 웃었다. 그러곤 더 이상 못 참겠다는 듯 대놓고 물었다.

"기연아, 솔직히 말해봐. 전화도 없이 갑자기 무슨 일로 온 거야?"

"정말로 지나가는 길에 잠깐 들른 거라니까요."

"그런데 왜 그렇게 시계를 봐?"

"기다리는 전화가 있어요."

"그래? 정말 그런 거지? 무슨 일 있는 건 아니지?"

나는 고개를 끄덕였다. 그제야 장이 경계심을 풀고 예전처럼 이런저런 이야기를 했다. 그러나 나는 예전처럼 그를 '형'이라고 다정하게 부르지 못했다. 그의 이야기가 귀에 들어오지 않았다. 한마디로 모든 것이 예전 같지 않았다. 건성으로 고개를 끄덕이다가 길 건너편 나이트클럽 쪽으로 고개를 돌렸다. 심란했다. 다이애나가 마리를 해치려고 나를 이곳으로 보낸 거라면 어쩌나 걱정이 되었다. 게다가 장이 마리에 관해 말을 피하는 것도 신경에 거슬렸다.

한 시간 전, 다이애나는 화보 촬영을 막 끝낸 나에게 다가와 나지막이 속삭였다. "11시까지 데미안에 가 있어." 그녀의 말투와 눈빛은 연인을 대하듯 다정하고 부드러웠다. 그러나 나는 두려움을 느꼈다. 또 어떤 끔찍한 일을 벌이려고 그러느냐고,

지긋지긋하니 제발 그만하라고 화를 내고 싶었지만 그러지 못했다. 그 대신 "데미안이요?" 하고 소심한 저항을 담아 되물었다. 그러자 그녀가 "데미안이 어딘지 몰라서 묻는 거야?" 하고 빠르게 중얼거리곤 내 곁을 떠났다. 그때가 10시 10분이었다. 시각을 확인한 나는 조급해지기 시작했다. 왜 하필 데미안으로 가라는 건지, 곰곰이 따져볼 여유조차 없었다. 서둘러 옷을 벗어 던지고 대충 화장을 지운 뒤, 스튜디오를 빠져나갔다. 그녀가 오피스텔을 나가며 차갑게 내뱉던 말이 떠올랐던 것이다.

지난 금요일, 다이애나는 아무런 예고 없이 나의 오피스텔로 찾아와 하얀 가루가 들어 있는 봉지를 탁자 위로 던지며 말했다.

"준비해."

탁자 앞으로 다가가 봉지를 손에 집어 든 나는 잠시 망설였다. 그러자 그녀가 왜? 하는 시선으로 나를 쳐다보았다. 나는 머뭇거리며 대답했다.

"나한테 알약이 있는데 그걸로 할게요."

코카인은 황홀한 기분을 주지만 콧물이 흐르고, 약 기운이 빠지고 난 뒤에 식욕이 당기는 게 흠이었다. 반면에 암페타민엔 식욕을 억제하는 성분이 들어 있어 살이 찌는 걱정을 덜어 주었다. 나는 평소엔 약을 하지 않았지만 그녀와 함께 있을 때면 암페타민을 먹었다. 멀쩡한 정신으론 그녀와 섹스를 할 수 없었다. 아니 그녀의 희한한 섹스 방식을 견딜 수 없었다. 그녀는 절대로 자신의 몸 안에 남성의 성기가 들어가는 것을 용납하지 않았다. 또한 절대로 상대 남성이 자신 앞에서 사정을 하는 것도 허락하지 않았다.

다이애나는 내 손에 든 봉지를 눈짓으로 가리키며 말했다.

"오늘은 나도 할 거야. 패션쇼 준비 때문에 너무 긴장했어."

그녀의 말에 나는 아무런 대꾸도 하지 않았다. 그녀가 나를 찾아준 것만으로도 다행이라는 생각을 하며 약봉지를 뜯었다. 벌써 여러 번 그녀와의 약속을 어겼기에 할 말이 없었다. 그녀는 나에게 마리와 헤어질 것을 요구했고, 나는 그런 그녀를 매번 감쪽같이 속였다. 마리와 계속 만나면서 그녀에겐 헤어졌다고 거짓말을 했었다.

나와 마리가 애인 사이라는 걸, 자신을 만나기 전부터 사귀고 있었다는 걸 알게 된 다이애나는 큰 충격을 받았다. 한동안 나에게 아무런 연락을 취하지 않았다. 그리고 어느 날 예고도 없이 오피스텔 문을 밀고 들어와 다짜고짜 나의 뺨을 때렸다. 나는 그때, 어떤 벌이라도 달게 받겠다는 태도를 취했었다. 앞으론 당신의 말을 거역하는 일이 절대 없을 거라고 몇 번이고 용서를 빌었다. 그녀의 앞에서 무릎을 꿇고 눈물을 흘리며 애원까지 했다. 나는 그렇게 필사적으로 그녀에게 매달릴 수밖에 없었다. 그녀가 나를 외면하고 있는 며칠 사이, 톱 가수의 뮤직비디오를 찍자던 기획사로부터 갑자기 조금 생각해보겠다는 연락이 왔던 것이다.

그런데 이번에 또다시 내가 마리와 만나고 있는 사실을 들켰으니 창밖으로 뛰어내리라고 해도 따라야 할 상황이었다. 나는 스타의 길을 접어야 할 만큼 위기에 놓였던 것이다. 패션쇼 무대에 서달라는 제의가 거짓말처럼 일제히 끊겨버렸고, 하루가 멀다고 섭외가 들어오던 화보 제의도 사라져버렸고, 대국 향수 CF 전속모델 계약 날짜가 하루 이틀 미뤄지다가 나중엔 아예 계약 자체가 보류되었다. 뿐만 아니라 릴리스 패션 컬렉션의 모델 명단에도 내 이름이 제외되어 있었다. 최선을 다해 촬영한 영화도 언제 상영될지 알 수 없었다.

탁자 위에 둘로 나뉘어져 있는 코카인 한 등분을 능숙하게 들이마신 다이애나는 비틀거리며 욕실로 들어갔다. 나는 암페타민을 먹을까 하다가 종이를 동그랗게 말아 그녀가 남긴 나머지 한 등분의 코카인을 단숨에 코로 빨아들였다. 그리고 음악을 틀어놓은 뒤, 내 몸 구석구석으로 약이 스며드는 그 느낌을 즐기기 위해 소파에 누웠다. 그러자 온몸으로 미세한 전류가 흐르는 것같이 전율이 일기 시작했다. 순식간에 고통이나 죄책감이 멀리 사라져버리는 상태로 빠져들었다. 하지만 역시 콧물이 흘러나왔다. 티슈로 콧물을 닦은 뒤 그것을 던져 공중으로 띄워 올렸다. 하얀 휴지가 눈앞에서 날개를 퍼덕이며 날아오르는 한 마리 하얀 새처럼 보였다. 나는 절로 양팔을 휘저으며 "아브라카다브라, 아브락사스!" 하고 외쳤다. 그리고 기연가미연가 마리를 떠올리며 데미안의 한 구절을 자폐증 환자처럼 반복해서 중얼거렸다.

　새는 알에서 깨어나려고 버둥거린다.
　알은 곧 세계이다.

태어나려고 하는 자는 하나의 세계를 파괴해야만 한다.

새는 신을 향해 날아간다.

신의 이름은 아브락사스다.

데미안을 다섯 번이나 읽었다는 마리는 의외의 말을 했었다. 아브락사스는 천사와 악마를 공유하면서 이 세상을 지배하는 불완전한 신의 이름이라고. 그러니 싫든, 좋든 아브락사스의 정원을 거니는 게 인간의 운명이라고. 조금 난해한 말이었지만 나는 무슨 의미인지 충분히 알 수 있었다. 그랬기에 내가 늘 스스로를 합리화시키고 관대하게 용서하며 죄책감 없이 지내온 게 아닐는지.

내가 그렇게 데미안의 한 구절을 반복해서 중얼거리고 있자, 다이애나가 욕실에서 나왔다. 그녀는 걸치고 있던 옷을 하나하나 벗어던지며 외쳤다.

"이제부터 파티를 하는 거야, 댄스 파티!"

발가벗은 다이애나가 음악에 맞춰 방 안을 빙빙 돌기 시작했다. 나도 약 기운이 폐 속으로 완전히 스며든 것을 느끼며 옷을 모두 벗어 던졌다. 온몸의 세포가 뜨거운 열기로 흐물흐물 녹아내리는 것 같은 착각이 일었다. 황홀했다. 얼굴이 붉게 달아오른 그녀는 점점 격렬하게 몸을 흔들어댔다. 출렁거리는 그녀의 하얀 젖가슴에 시선을 고정시킨 채 나는 나의 성기를 주물렀다. 그리고 빳빳하게 일어선 그것을 앞뒤로 흔들기 시작했다. 그러자 격정적으로 춤을 추던 그녀가 바닥으로 몸을 엎드리고 엉덩이를 치켜들었다. 암고양이 같은 포즈로 야옹, 하고 교성을 내질렀다. 약 기운과, 성선(性腺)을 자극하는 그녀의 행동에 한껏 흥분한 나는 더 이상 참지 못하고 소파에서 일어났다. 한 손으로 성기의 뿌리 쪽을 움켜쥐고 또 한 손으론 흘러나온 투명한 액체를 귀두에 문지르면서 그녀의 뒤쪽으로 다가갔다. 미끈거리는 그녀의 구멍에 내 성기를 넣고 마음껏 흔들고 싶어 견딜 수 없었다. 그러나 늘 그랬던 것처럼 다이애나는 재빨리 바닥에서 일어났다. 자지러지게 웃으며 나를 피해 방 안을 이리저리 뛰어다녔다. 도드라진 그녀의 분홍 젖꼭지를 입에 물기 위해 나는 한동안 그녀의 가슴께로 얼굴을 들이대고 따라다녔다. 그러면서 이 장면이 어디에서 많이 본 듯한 기시감이 일어 자꾸만 고개를 내둘렀다. 결국 다리가 꼬여 바닥으로 나

자빠졌다. 그 사이 그녀가 웃음을 멈추고 한쪽 벽으로 기대섰다. 그러곤 정색을 하며 말했다.

"개처럼 기어서 와봐!"

나를 내려다보고 있는 그녀의 눈에서 빨간 불꽃이 일렁거렸다. 나는 그 와중에도 생각했다. 벽에 기대어 양다리를 벌리고 서서 내가 개처럼 기어 오기를 기다리고 있는 그녀는 사람이 아니고 악마라고. 그런데도 벌을 받지 않고 누구보다 성공을 하여 잘사는 걸 보면 마리의 말처럼 이 세상은 아브락사스의 정원이 맞는 거라고. 그래서 나는 자리에서 벌떡 일어나 두 무릎을 꿇었다. 그야말로 개처럼 기어가서 그녀의 아래를 핥기 시작했다. 그녀가 더 이상 참을 수 없어 몸을 비틀어댈 때까지 젖은 클리토리스를 계속해서 빨았다. 흥분한 그녀가 주먹으로 내 머리통을 반복해서 점점 세게 내리쳤다. 나는 아픔을 느끼면서도 더욱 집요하게 그녀의 가랑이 사이로 파고들었다. 클리토리스에 매달려 있던 혀를 한껏 내밀어 그녀의 안쪽으로 점점 더 깊게 밀어 넣으며 몸을 부들부들 떨었다. 그리고 어느 순간, 그녀가 서너 번 진저리를 친 뒤 무너지듯 바닥으로 주저앉자 그녀에게서 떨어져 나왔다. 소파 위에 누워 거친 숨을 몰아쉬며 사정을 하고 싶은 욕구를 가라앉히기 위해 두 눈을 꼭 감았다.

잠시 뒤, 내가 눈을 뜨자 다이애나가 가방에서 무언가가 적힌 종이 한 장을 꺼냈다. 나에게 각서라도 받으려는 걸까, 지레 겁이 난 나는 다시 눈을 감으며 조심스럽게 물었다.

"뭐예요?"

"이번 패션쇼에 설 모델 명단이야."

나는 번쩍 눈이 떠졌다. 그 명단 속에 내가 들어 있으면 좋을 것 같았다. 나는 그녀의 무대에 다시 설 수 있기를 간절히 원한다는 눈빛으로 그녀를 올려다보았다. 잠시 눈을 깜박이지도 않고 나를 내려다보던 그녀가 말했다.

"마지막으로 한 번만 더 기회를 줄 거야."

"네, 고마워요."

"하지만 이번 피날레는 다른 친구가 할 거야. 불만 없지?"

내가 피날레를 장식할 수 없게 되었다는 사실이 섭섭했지만 나는 고분고분하게 고개를 끄덕였다. 그러자 그녀가 명단이 적혀 있는 종이를 반으로 접어 쪼그라든 내 성기 위에 지붕처럼 올려놓고 옷을 입기 시작했다. 나는 그녀가 옷을 다 입을 때까지 꼼짝 않고 천장을 응시한 채 누워 있었다. 왠지 쪼그라든 성기가 더 쪼그라들어 아예 사라져버리는 느낌이었다.

"명심해, 한 번만 더 그러면 넌, 영원히 아웃이야."

그녀가 차갑게 말하고 오피스텔을 나갔다. 나는 이제 살았다는 안도의 한숨이 나오긴 했다. 하지만 마음 한구석이 씁쓸했다. 자리에서 일어나 앉으며 명단을 펼쳐보았다. 맨 끝에 내 이름이 적혀 있었고 그 옆에 괄호 안으로 물음표가 찍혀 있었다. 피날레에도 '김지운'이라는 내가 모르는 이름이 적혀 있었다.

나는 명단을 꾸겨 바닥으로 내던지며 사냥과 달의 여신 아르테미스를 떠올렸다. 다이애나가 자신의 뜻을 따르지 않는 자에 대해 잔혹한 형벌을 내리는 신화 속의 여신인 아르테미스와 닮았다는 생각이 들었던 것이다. 아르테미스는 아폴론과 쌍둥이로 태어난, 제우스와 레토의 딸이었다. 다른 여신들처럼 인간을 사랑했으나 누구보다도 잔인했다. 자신의 뜻을 따르면 성심껏 돌봤지만 조금이라도 거슬리면 잔인한 짓을 서슴지 않았다. 아르테미스가 목욕하는 장면을 훔쳐본 악타이온은 사슴으로 변해 사냥개에게 갈기갈기 찢겨 먹이가 되었고, 부정을 저지른 요정 칼리스토는 임신을 한 채 활에 맞아 죽었고, 아르테미스의 어머니인 레토를 모욕한 니오베는 열두 명의 자식을 모두 잃었다.

이제, 손목시계의 시침과 분침이 정확히 일치하여 11을 가리키고 있었다. **10시 55분**. 그리고 그 시간에 연보랏빛 하운드 칼라 옥스퍼드 셔츠에 흰색 슬랙스를 깔끔하게 받쳐 입은 미소년이 레모네이드 두 잔을 들고 주방 쪽에서 걸어오고 있었다. 나는 여자인지 남자인지 구분이 안 갈 정도로 예쁘장한 미소년에게서 시선을 떼지 못했다. 본능적으로 경계가 되는 보기 드문 외모였다. 미소년이 레모네이드를 탁자에 내려놓자 장이 나를 가리키며 미소년에게 말했다.

"지운아, 누군지 알지? 인사해라."

미소년이 아이돌 가수 지망생처럼 지나치게 허리를 굽혀 나에게 인사를 했다. 미소년이 물러가자 나는 설마, 하는 마음으로 장에게 물었다.

"이름이 뭐라고요?"

"김지운이라고 신인 모델이야. 아 참, 지운이도 이번 릴리스

쇼에 서기로 했어."

나는 생각했다. 바로 이거였어! 다이애나가 나를 이곳으로 보낸 이유가 이거였다고. 다이애나는 피날레를 장식할 김지운을 보여줌으로써 나에게 최후의 경고장을 보내는 것이었다. 너는 아무것도 아니다, 너를 대신할 아이들은 얼마든지 있으니 알아서 기어라! 하고.

어느덧 11시가 다 되어가고 있었다. 이제 분침이 한 번만 움직이면 즉시 휴대폰 벨이 울리고, 다이애나가 차가운 말투로 나에게 어떤 지시를 내릴 것이었다. 나는 심호흡을 하며 휴대폰을 노려보았다. 내 눈동자가 심하게 흔들리는 게 느껴졌다. 그런 나의 모습에 긴장을 한 장이 내 이름을 부르며 무슨 말인가를 했다.

"기연아……."

하지만 나의 머릿속에는 많은 생각이 두서없이 들끓고 있어 그의 말이 들리지 않았다. 대신 온갖 고통을 겪으면서 버텨온 지난 이 년 동안의 일들이 떠올랐다. 너무 버거워 편린처럼 흩어져 있던 기억들이었다. 나는 주술에 걸린 듯 혼잣말을 하며 그 편린의 장면들을 하나하나 머릿속으로 그려보았다. **S# 1**, 새는 알에서 깨어나려고 버둥거린다. **S# 2**, 알은 곧 세계이다. **S# 3**, 태어나려고 하는 자는 하나의 세계를 파괴해야만 한다. **S# 4**, 새는 신을 향해 날아간다. **S# 5**, 신의 이름은 아브락사스다. 왜 하필이면 이 시간에, 이 모든 장면들이 떠올라 퍼즐처럼 맞춰지는 걸까. 이제는 정말로 마리와 헤어지지 않으면 안 된다는 의미일까. 아니면 모든 것을 버리고 마리에게 가든지.

S# 1, 새는 알에서 깨어나려고 버둥거린다

그해 봄 내내, 아버지는 집을 떠나 있었다. 대신 집에는 새어머니만 있었고, 수시로 채권자들이 드나들었다. 나에게 있어 집은 더 이상 편안한 장소가 아니었다. 언제부터인지 나는 밤이 되어도 집으로 돌아가지 않게 되었다. 친구의 자취방이나 피시방, 멀티방, 보드방, 찜질방 같은 곳에서 밤을 보냈고, 일주일에 한두 번 옷을 갈아입을 때만 집으로 들어갔다. 새어머니도 오히려 그것을 편안해하는 것 같았다.

그러나 그 봄이 끝날 무렵, 모델스쿨에서 워킹 연습을 하고 있던 나는 당장 집으로 오라는 고모의 문자 메시지를 받았다. 나는 짜증이 났지만 혹시 행방을 감춘 아버지에게 무슨 일이라도 생긴 것인지 걱정이 되었다. 고모에게 '왜요?' 하고 문자를 보냈다. 그러나 고모는 '전화로 할 얘기가 아니야. 큰일 났으니 빨리 와.' 하고 답을 보냈다. 그러곤 전화를 받지 않았다. 나는 수업이 끝나자마자 집으로 향했다. 대문 앞에 이르자 고모가 사색이 되어 서성거리고 있었다. 고모는 나를 보자마자 왜, 이제 오느냐고 야단스럽게 굴었다. 나는 왜 전화를 받지 않느냐고 화를 내고 싶었지만 꼭 참았다. 그러곤 이제는 더 이상 놀랄 일이 뭐가 있겠느냐고 애써 마음을 가라앉히며 고모에게 물었다.

"왜 그래요?"

"내일까지 집을 비워달라는데 어쩌니?"

"무슨 소리예요?"

"글쎄. 나는 집을 팔았다기에 네 아빠가 시킨 줄로만 알았지. 정희 그년이 그렇게 말했거든. 그런데 이럴 줄이야, 나쁜 년 같으니라고."

나는 고모의 말을 더 이상 듣지 않아도 모든 것을 알 수 있었다. 돈을 보고 재혼한 여자가 남편이 망하자 그나마 남은 재산을 몽땅 챙겨 달아났다는 그렇고 그런 이야기. 그런데 문제는 그런 막장드라마 같은 이야기가 어이없게도 나에게 일어났다는 사실이었다. 나는 충격을 받았다. 신발도 벗지 않고 집 안으로 뛰어 들어갔다. 역시 집에는 새어머니의 물건이 남아 있지 않았다. 다 쓴 글렌저 통과 버리고 간 칫솔만 욕실 바닥에 뒹굴고 있었다. 당황한 나는 고모를 향해 별 도움도 되지 않는 고함을 질렀다.

"이 여자 어디 있어요?"

"나도 몰라. 오늘 아침에 집을 비워달라고 부동산에서 전화가 왔기에 무슨 일인지 와봤더니 대문이 활짝 열려 있고 아무도 없는 거야. 난, 정희 그년이 이럴 줄은 정말 몰랐다. 부동산에다 내 전화번호를 알려주고 사라진 거야. 연락하면 알아서 짐을 뺄 거라고 했다더라. 어휴, 이걸 어쩌면 좋으니!"

이정희, 그녀는 고모와 친구이면서 나의 새어머니였다. 어머니가 병으로 세상을 떠나고 십여 년을 혼자 살던 아버지는 어찌 된 일인지 그녀와 만난 지 한 달도 되지 않아 재혼을 했다. 어느 무더운 여름날, 고모와 함께 우리 집에 놀러 온 그녀는 시원한 사이다 같았다. 쇄골 라인이 드러나는 오프숄더 디자인의 하늘하늘한 원피스가 그녀의 까르르 웃는 말투와 무척 잘 어울렸다. 고모는 그녀가 아버지의 첫사랑이라며 나에게 수다를 떨었고, 나는 그녀가 결코 아버지 스타일은 아니라는 생각을 했었다. 왜냐하면 나의 엄마와 너무 달랐다. 그러나 내 예상은 완전히 빗나갔다. 아버지가 현관문을 들어서자 그녀가 눈웃음을 치며 오빠! 하고 달려들어 마치 프랑스 여배우처럼 포옹을 했고, 그녀를 밀쳐낼 거라는 내 생각과 달리 아버지는 수줍어하면서도 활짝 웃으며 오히려 그녀를 더 꼭 끌어안았다. 그러곤 내내 귀여워 죽겠다는 표정으로 그녀를 바라보았다. 나는 단 한 번도 아버지의 그런 모습을 본 적이 없었다. 심지어 엄마에게도 그런 표정을 지은 적이 없는 것 같았다. 나는 본능적으로 뭔가 위험을 감지했다. 남자를 수없이 상대한 여자가 요사스러운 모습으로 순진한 중년 남성을 후리는 사기 사건이 떠올랐다. 그랬기에 아버지의 재혼을 반대했다. 그런 나에게 고모는 말했다. 절대로 그럴 여자가 아니라고. 걔가 돈이 얼마나 많은데 그런 소리를 하느냐고.

"고모가 그럴 여자가 아니라고 했잖아. 그런데 이게 뭐예요?"

나는 버럭 소리를 질렀다. 고모는 아무 대답도 못 하고 죄인처럼 고개를 숙인 채 한숨만 내쉬었다. 나는 다시 소리쳤다.

"고모 친구인데, 왜 어디 있는 줄 몰라? 찾아봤어요?"

"다 찾아봤어, 그런데 다들 모른다는구나. 기연이 너에겐 내가 정말 할 말이 없다."

하지만 이제 와서 누구를 원망한들 소용없는 일이었다. 나는 마음을 진정시키고 전화가 왔었다는 부동산 이름을 고모에게 확인한 뒤 집을 나섰다. 큰길 버스정류장까지 걸어가며 이일을 어떻게 수습해야 할지 생각해보았다. 별다른 방법이 없을 거라는 생각이 들었다. 그러자 나 자신에게 화가 나기 시작했다. 돌이켜보면 새어머니는 능히 그럴 수 있는 사람이었다. 그런데 나는 어째서 집을 지키지 않고 밖으로 떠돌고 있었는지, 나 자신이 한심스러웠다.

고모가 일러준 부동산중개소는 생각보다 찾기 쉬웠다. 버스 정류장 바로 앞이었다. 하지만 그 안으로 들어선 순간 나는 크게 후회를 했다. 이곳에 오지 말았어야 했다고. 그들을 상대하기엔 내가 너무 세상 물정을 모르고 순진했던 것이다. 한쪽 다리를 약간 저는 중개인은 처음부터 자신은 알 바 없는 일이라고 했다. 소유주가 집을 팔았는데 무슨 문제가 있느냐는 거였다. 그가 내민 등기부등본을 확인한 나는 정말 할 말이 없었다. 거기엔 내 소유였던 집이 두 달 전에 이정희에게 증여된 것으로, 또한 오늘 날짜로 다른 사람에게 이전된 것으로 기록되어 있었다. 두 달 전이라면 아버지가 집을 나가고 바로였다. 나는 엉엉 소리 내어 울고 싶었다. 겨우 입을 열어 새된 소리로 말했다.

"저는 그 여자에게 증여한 사실이 없는데요."

"학생, 그건 여기 와서 떠들 얘기가 아니야!"

중개인은 냉정했다. 그에게 쫓겨나다시피 밖으로 나온 나는 한동안 우두커니 길 위에 서 있었다. 세상이 어떻게 움직이는지 알 것 같았다. 세상은 이정희나 저런 중개인 같은 사람들의 것이었다. 나와 고모 같은 사람들에겐 불행한 곳이었다. 그러니 나도 이제부터는 저들처럼 살아야 할 것 같았다. 그러지 않으면 아무것도 가질 수도, 이룰 수도 없을 것이었다.

이제 살길이 막막했다. 나는 우선 학교에 휴학계를 냈다. 십년도 넘게 운동 삼아 다니던 선무도체육관에도 당분간 나가기 어렵겠다고 전화를 했다. 그 며칠 뒤엔 모델스쿨에 휴학계를 내고 나오며 장에게 전화를 걸었다. 장은 내가 처음으로 아르바이트를 한 카페의 사장이었다. 그 당시만 해도 장의 가게는 지금처럼 규모가 크지 않았다. 홀에 다트와 당구대가 놓인 팝카페였는데 북적거리기만 하고 실속은 없었다. 나는 장에게 다섯 종류의 수입 맥주를 세트로 묶어서 그것을 주문할 시 안주를 무료로 제공하는 식의 프로모션을 제시했고, 장은 그로 인해 매출이 많이 오르자 나를 특별하게 대했었다. 물론 거기엔 나의 외모도 한몫했다.

그런 나는 모델스쿨에 다니기 시작하면서 아르바이트를 그만두었다. 시간이 없었다. 방학 때나 돈이 필요할 때만 그때그때 장의 카페에서 일을 했다. 그때에도 나의 소개로 모델학교 친구들이 수시로 드나들어 '물 좋은' 카페로 소문이 나자, 장은 언제나 나를 반겼고 시급도 깜짝 놀랄 정도로 많이 챙겨주었다. 그러면서 입버릇처럼 농담 삼아 진담을 했다. "기연아 너, 졸업하고 취업할 거면 반드시 나한테 와야 한다. 월급도 많이 주고 곧바로 매니저 시켜줄 테니 다른 데 가면 안 된다. 알았지?" 그러면 나도 하얗게 웃으며 "이제 곧 톱모델이 되어 런웨이에 서 있을 사람한테 무슨 악담이세요?" 하고 농담 삼아 진담을 했다. 그랬기에 그 당시 장은 나에게 보험 같은 존재였다. 그건 늘 좋은 일손이 아쉬운 장 또한 마찬가지였다.

역시 장은 언제 어디서건 내 전화를 받았다. 장의 목소리가 동굴 속에서 울리는 것 같았지만 나는 어디냐고 묻지 않았다. 잘 지냈느냐고 인사치레도 하지 않았다. 그러기엔 마음의 여유가 없었다. 나는 다짜고짜 용건을 말했다. 그래도 장이 나를 반길 거라는 생각을 했다.

"형, 카페에 라커룸이나 창고로 쓰는 방 같은 거 있지요?"

"응, 그런데 왜?"

"숙식 제공 가능한 곳이면 어디든 가서 일을 하려고요."

"갑자기 왜? 집 나왔니?"

"그건, 아니고……. 안 좋은 일이 생겼어요. 제가 갈 데가 없네요."

"도대체 무슨 일인데 그래?"

"형, 자세한 이야기는 가서 말씀드릴게요."

"그래, 알았어. 와서 얘기하자."

"참, 카페 이전했잖아요. 어디예요?"

"그 다음다음 건물, 보보스크롤 바로 맞은편이야."

"네 알았어요."

"지금 오는 거지?"

"한 시간 정도 걸릴 거예요."

버스에서 내리자 해가 지고 있었다. 나는 길을 따라 걸어갔다. 사거리에서 성형외과가 있는 모퉁이를 돌자 저만치 보보스크롤 나이트클럽 간판이 눈에 들어왔다. 천천히 길을 따라 걸어가며 주변을 살폈다. 불과 한두 달 사이에 두 곳의 카페가 사라지고 대신 편의점과 모자전문점이 들어와 있었다. 모자전문점도 머지않아 사라질 거라는 생각을 하며 나는 두 달 전까지 카페 데미안이 있었던 자리를 지나쳤다. 건물 전체를 리모델링하는 중이었다. 외부를 둘러싸고 있는 가림막에 성형외과가 오픈한다는 현수막이 눈에 띄게 걸려 있었다.

데미안은 보드게임 카페가 있던 자리로 옮겨져, 삼 층 건물 전체를 쓰고 있었다. 생각보다 훨씬 커진 규모에 나는 고개를 갸웃했다. 이렇게 규모가 크면 아무리 손님이 많아도 실속이 없었다. 장이 재벌의 숨겨진 자식이라는 소문이 사실인 것 같았다. 어쨌든 나는 시험 기간이 겹쳐 이사를 도와주지 못한 게 미안하다는 생각을 하며 출입문을 열고 들어갔다. 내가 도착한 걸 어떻게 알았는지 장이 위층에서 내려오며 나를 맞았다. 장은 하얀 헨리넥 셔츠에 슬림한 버건디 슬랙스를 입고 하얀 운동화를 신고 있었다. 카페의 달라진 규모와 고급스러운 인테리어 때문인지, 그가 달라 보였다. 대하기도 예전 같지 않았다. 하지만 그는 예전보다 더 편안하게 나를 맞아주었다. 내 어깨를 다독이며 그래도 일 년밖에 남지 않았는데 학교는 졸업해야지, 하고 활짝 웃어주었다.

나의 사정 이야기를 다 들은 장은 말했다.

"우리 집에서 같이 살자."

나는 그러고 싶지 않았다. 그러면 장에게 너무 미안할 것 같았다. 어쩌면 영원히 묶여버릴 것 같기도 했다. 최대한 빨리 돈을 모아 모델스쿨에 복학하고, 최대한 빨리 데뷔를 하고, 최대한 빨리 성공을 하여 사람들 앞에 나서고 싶었다. 그것이 아니라면 최대한 빨리 학교에 복학을 하여 군 입대라도 연기를 해야 했다. 나는 장에게 분명하게 말했다.

"그냥 여기서 있는 게 좋겠어요."

"그래? 그럼, 그렇게 해. 여기 일이야 하루나 이틀이면 다 파악할 거고, 아무튼 잘 왔다."

장은 시원스럽게 대답하며 삼 층으로 나를 데리고 올라갔다. 그를 따라 층계를 오르면서 나는 사교클럽이라고 해도 손색이 없을 것 같은 실내를 둘러보았다. 층마다 분위기가 달랐다. 일 층은 주방과 카운터가 있는 벽면을 뺀 나머지 세 면이 통유리였다. 건물 정면의 소파 좌석을 빼곤 두 면이 바 좌석이었는데, 인기가 많은 듯 빈자리가 거의 없을 정도로 손님들이 앉아 있었다. 조명과 가구가 패브릭 재질로 되어 있어 모던하면서도 따뜻한 분위기였다. 반면에 이 층은 달랐다. 클래식하게 잘 꾸며진 서재 콘셉트였다. 한쪽으로 조금 비밀스러운 느낌의 통로가 있었고, 그곳으로 들어가면 삼 층으로 올라가는 계단이 있고 더 지나 커다란 룸이 밀실처럼 숨어 있었다. 삼 층은 뜻밖이었다. 카페 영업공간이 아니라 회사 같았다. 유리문과 번호 키가 달린 철제문이 있었는데, 유리문 안은 사무실이었고, 철제문 안은 장이 나에게 말한 방이었다.

장이 그 철제 방문을 여는 순간 나는 깜짝 놀랐다. 그냥 단순한 방이 아니었다. 크기는 작지만 욕실과 주방, 가구와 침대까지 고급스럽게 갖춘 제대로 된 원룸이었다. 나는 장이 왜 이런 공간을 마련해놨는지 이해할 수 없었다. 아니 장이 어떤 사람인지 모르겠다는 생각이 들었다. 또한 이곳에서 묵어도 될지, 고민이 되었다. 혹시 장이 특별한 용도로 사용하는 곳이라면 피해를 주는 것 같아 부담스러웠다.

나는 말했다.

"저는 그냥 주방 창고나 라커룸에 있어도 돼요."

장이 말했다.

"괜찮아, 여기 아무도 사용하지 않는 방이야."

"그래도 여긴 너무 좋아서 부담스러워요."

"그럴 거 없어. 이사 오기 전부터 원래 있었던 건데, 아까워서 그냥 놔둔 거야."

"그래요?"

"다단계 JW 사건 조 회장 알지? 사실은 그 사람이 쓰던 방이야."

"아, 그래서 시설이……. 그래도 이 방은 세라도 놓으면 돈이
될 텐데……."

"그런 걱정 안 해도 된다니까. 이 건물 내기 경매로 씨게 사
서 들어온 거야. 카페 안이라서 세를 놓을 수도 없으니까 그냥
마음 편히 지내. 찜찜하진 않지?"

건물주가 장이라는 말에 한결 마음이 편했고, 어쨌든 나는
목이 메었다. 그 감정을 감추지 못하고 울컥하며 말했다.

"찜찜하긴요? 전혀 그런 거 없어요. 형, 고마워요."

장이 말했다.

"세상 살다 보면 별일이 다 있어. 누가 알아? 내가 나중에 네
신세를 지게 될지. 이왕 이렇게 됐으니 우리 잘해보자. 나도 이
제는 복잡한 일이 많아서 내 옆에 믿을 만한 사람이 있었으면
좋겠다는 생각을 하고 있었는데 서로 잘된 거지, 뭐. 내가 오히
려 고맙다."

장의 말에 눈물이 나올 것 같았다. 창가로 다가가 거리를 내
다보았다. 수없이 많은 사람들이 줄을 서서 보보스크롤 안으로

들어가고 있는 것이 보였다. 나는 엉엉 울음이 터질 것 같은 감정을 추스르기 위해 말꼬리를 돌렸다.

"저 나이트클럽은 정말 잘되네요."

장이 옆으로 다가와 함께 창밖을 바라보고 서서 말했다.

"대단하지? 사장이 여잔데 나이트클럽 연 지 삼 년 만에 저 큰 건물을 사버렸단다. 너도 알 거야. 패션디자이너 이지민이라고."

"아, '릴리스' 대표요?"

"맞아, 젊은 여자가 보통이 아니야. 여기 자주 오니까 너도 곧 보게 될 거다."

나는 대꾸 없이 고개를 끄덕였다. 그러자 그가 말을 이었다.

"내가 새벽 장사를 하려는 것도 사실은 그 여자가 조언을 한 거야. 이 일대에서 사거리 주유소 옆에 있는 카페가 제일 잘되는데, 그 이유가 밤 12시 넘어서부터 자기네 나이트클럽에서 나온 사람들이 몰려가기 때문이라는 거야. 그 여자가 나보고 그러더라. 폼 잡으려고 카페를 차린 것 같다고."

사실 나도 그런 감은 없지 않았다. 그래서 적당히 얼버무려 대답했다.

"그런 말을 했어요?"

"머리를 망치로 한 대 얻어맞은 기분이었지. 돈을 많이 버는 사람은 다르구나, 하고 말이야.

너도 왔으니 이제 새벽 장사를 해야겠어. 밤에 주방에서 일할 사람 둘 더 구하고, 낮에 있는 직원 셋을 밤으로 돌려놓으면 될 거야. 대신 낮에는 아르바이트를 쓰면 되겠지 뭐."

"네, 저도 열심히 도와드릴게요."

"그래, 당분간 아무 생각 말고 내 곁에 있어라."

나는 고개를 끄덕여 보인 뒤 외투를 벗었다. 갑자기 피곤했다. 하지만 내색하지 않았다. 가지고 온 가방을 책상 위로 올려 티셔츠를 꺼내며 장에게 물었다.

"오늘부터 일 시작할게요."

"아니, 오늘은 좀 쉬어. 그냥 카페나 둘러보고 내일부터 하도록 해."

장이 방에서 나가자 창문의 블라인드를 내렸다. 그리고 그 위에 이중으로 설치되어 있는 커튼을 치고 전등 스위치도 껐다. 믿어지지 않을 정도로 불빛이 완벽하게 차단되었다. 보보스크롤에서 흘러나오는 음악 소리가 쿵쿵 울렸지만 내 처지 때문인지 크게 신경 쓰이지는 않았다. 나는 그대로 침대에 누워 두 눈을 감았다. 그리고 이런저런 생각에 빠져들었다. 내 삶이 엉뚱한 곳으로 흘러가는 건 아닐까. 불현듯 현실이 버겁게 다가왔다. 하지만 나는 스스로에게 중얼거렸다. 두려워할 것 없어, 무슨 일이든 아닌 것 같으면 멈추면 돼.

카페에서 일하는 사람은 장을 포함하여 모두 열여섯 명이었다. 주방에 여섯, 홀에 열. 그들은 시간을 나눠 교대로 근무했다. 나는 새로 들어온 서너 명을 빼고 거의 다 안면이 있었다. 그래서 일을 시작하는 데 큰 어려움은 없을 것 같았다. 그러나 장은 오히려 그것을 더 우려했다. 얼마 전까지 아르바이트생이었던 나이 어린 동생이 갑자기 상사가 되어 나타났는데, 그것을 달가워할 직원이 어디 있느냐는 거였다. 그래서 장은 나와 근로계약서를 쓰는 자리에 주방장을 동석시켜 이야기를 나눴다.

장은 주방장을 '부장님'이라고 불렀다. 육십이 가까운 그는 장과 십오 년을 함께했고, 나 역시 삼 년이나 봐온 사이였다. 일을 못하는 사람에겐 이 새끼, 저 새끼 거침없이 욕을 퍼붓는 사람인데 나에겐 한 번도 욕을 한 적이 없었다. 그만큼 내가 센스 있게 일을 잘해서 스트레스를 주지 않는다는 거였다. 나 역시 그에게 잘했다. 그것이 나의 본능적인 정치성과 무관하다고 말할 수는 없지만, 이쨌든 그가 일하는 모습을 보면 '괴연 프로다!' 하는 생각이 들었던 것이다. 그래서 그가 혼자 산다는 이야기를 들은 뒤부터는 허리가 아프다고 하면 파스를 사다가 붙여주었고, 자신이 만든 음식보다 남이 만들어준 음식이 뭐든 좋다고 하여 고모가 만든 나물 반찬을 가져다주기도 했다. 그도 내가 일하는 날이면 직원 식사 때 특식을 차려주었고, 피자를 구워 퇴근하는 손에 들려주기도 했다. 어떻게 보면 나는 그에게서 아버지의 정을, 그는 나에게서 이혼으로 헤어진 아들의 정을 찾았다고 볼 수도 있었다.

좀처럼 웃음이 없는 부장님이 나를 보자 반갑게 웃으며 말했다.

"기연이 왔으니 나도 이제 좀 편하게 일하겠네."

장도 기분 좋은 미소를 지으며 말했다.

"부장님 말씀대로 형식적으로나마 세 달 교육 기간을 거쳐 매니저로 일하기로 했어요."

부장님이 나를 쳐다보며 말했다. 그 눈빛에 더 많은 이야기
가 담겨 있었다.

"사실 무슨 교육이 필요하겠어. 그런데 다른 직원들 입장도
있으니 그런 모양새가 좋아. 세 달 동안 기연이 일하는 거 보면
모두 수긍할 거야. 기연이도 내가 무슨 말 하는 건지 알지?"

나는 충분히 알고 있다는 표정으로 고개를 끄덕였고, 장이
말을 이었다.

"알아서 잘하겠지만, 그래도 부장님이 많이 도와주셔야 할
거예요."

"그래야지. 그런데 무엇보다 기연이가 잘해야지 뭐."

부장의 말에 나는 두 사람을 향해 얼른 대답했다.

"걱정 끼쳐드리지 않도록 잘할게요."

장과 부장님이 동시에 흐뭇하게 웃으며 고개를 끄덕였고, 장
이 다시 말했다.

"기연아, 힘들겠지만 오늘은 하루 종일 일하면서 전체적인
파악을 해라. 그리고 내일부터 일주일은 저녁에, 그다음 일주
일은 낮에 일하자. 그렇게 오후 3시에서 5시까지만 나하고 겹

치면서 교대로 근무하는 거로 하자."

이번엔 나와 부장님이 동시에 고개를 끄덕였고, 부장님이 말을 이었다.

"그래, 그러면서 새벽 장사 할 수 있도록 준비하면 되겠네."

역시 첫날부터 수월치는 않았다. 일 층 홀을 가득 메웠던 손님들은 9시가 되자 하나둘 빠져나갔고, 마감 시간인 11시가 되자 두 테이블이 남아 있었다. 모두 낮 근무, 저녁 근무로 나눠 교대로 일을 했지만 나와 부장님은 교대 없이 하루 종일 버텼다. 역시 부장님은 프로였다. 손님이 뜸한 3시쯤 낮잠을 자는 것으로 그때그때 피로를 풀었다. 하지만 나는 잠이 오지 않았다. 의외로 직원들의 경계가 심했다. 예전엔 사심 없이 함께 웃고 떠들던 직원들이 편하게 말을 걸지 않았다. 내가 무엇을 물어봐도 최대한 간단하게 대답하고 돌아섰다.

게다가 나는 눈매가 야무져 보이는 예쁜 여직원 하나와 인상이 좋지 않은 부주방장이 불편했다. 두 사람은 이전을 하면서 새로 들어왔기에 안면이 없었다. 그런데도 호의적이지 않았다. 예쁜 여직원은 무심한 척하는 건지, 진짜 무심한 건지 내가 말

을 건네도 빤히 쳐다보다가 다시 자기 할 일만 했다. 부주방장
은 아예 대놓고 하루 종일 못마땅한 감정을 드러냈다. 근무 중
에는 나이와 상관없이 서로를 부를 때 호칭이나 이름 뒤에 '님'
을 붙이고 존칭을 쓰게 되어 있는데도, 나에게 거기! 하고 부르
며 반말을 해댔다. 부장님이 쳐다보자 그제야 조심했다. 그러
곤 내가 듣고 있는 걸 알면서도 한 주방보조와 담배를 피우며
툴툴거렸다. "스물다섯 살짜리 매니저라니 말이 되냐? 매니저
를 얼굴로 하나, 얼마나 버티나 두고 보자, 내가 저 새끼 쫓아내
고 말 거다."

먼저 주방이 마감되고, 삼십 분 뒤 홀이 마감되었다. 직원들
이 홀 마감을 할 때, 나는 장과 함께 포스기 마감을 했다. 그리
고 모두가 퇴근을 하자 나는 의자에 털썩 주저앉았다. 바로 내
방으로 올라갈 힘조차 없었다. 발목은 시큰거렸고, 종아리는
당겼고, 어깨와 등 근육이 뻣뻣하게 굳어 고개를 숙일 때마다
통증이 느껴졌다. 나는 알고 있었다. 내일 아침이면 무릎도 아
파 일어났다 앉았다 하기는커녕 걷기도 힘들 거라는 걸. 그런
통증은 카페에서 일을 하는 사람이면 누구나 한 번씩 겪는 일

이긴 했다. 하지만 하루 만에 이런 모든 증상이 나타나지는 않았다. 부장님 말을 들었어야 했는데, 나는 자리에서 일어나며 후회를 했다. 부장님은 수시로 쉬라는 신호를 보냈었다. 턱을 옆으로 내밀어 라커룸을 가리키기도 하고, 자신이 낮잠을 자러 들어갈 때는 눈을 깜박이며 머리를 위쪽으로 치켜들어 삼 층 내 방을 가리키기도 했다.

나는 물을 한 잔 마시고 카페의 전등 스위치를 내렸다. 실내가 어두워지자 거리의 번쩍거리는 불빛들이 한꺼번에 나에게 달려드는 것 같았다. 나는 속이 조금 울렁거리는 걸 느꼈다. 바 테이블에 앉아 심호흡을 했다. 이래서 도시의 밤거리를 '밤바다'라고 표현을 하는 것 같다는 생각을 하며 멍하니 창밖을 바라보았다. 그런데 뚜렷한 이유도 없이 괜히 눈물이 났다. 괜히 눈물이 나는 것은 오래전부터였다. 정확히 따져보면 십 년 전 어머니가 병으로 죽고 나서부터였다. 나는 어린 마음에도 그것이 어머니에 대한 그리움이라기보다, 외로움 때문이라고 여겼었다. 아버지와는 거의 대화가 없었고, 하루에 한 번 고모가 와서 밥을 챙겨주었지만 마음까지 보듬어주는 것은 아니었다. 그렇다고 내내 그렇게 지낸 건 아니었다. 차츰 괜히 눈물이 나는 횟수는 줄어들었다. 대학생이 된 뒤로는, 특히 모델스쿨에 다닌 뒤부터는 아버지가 재혼을 하고, 새어머니가 아버지를 비롯한 집안의 모든 것을 독점해도 눈물이 나지 않았었다. 그런데 아버지가 채권자들을 피해 집을 떠나고 나도 밖으로만 나돌면서 다시 이상해졌다. 멍하니 앉아 있다가 괜히 눈물을 흘렸다.

나는 손바닥으로 얼굴을 감싸며 눈물을 닦았다. 그때였다. 누군가 카페 출입문을 잡아당기는 소리가 들렸다. 갑작스러운 소리에 덜컥 겁이 나면서 가슴이 마구 두근거렸다. 그래도 혹시 잘못 들은 건 아닌가 싶어 자리에서 일어나 숨을 죽였다. 잠시 그대로 서서 귀를 기울였다. 그런데 또다시 손잡이를 돌리는 소리가 났다. 나는 애써 두려움을 감추고 출입문 쪽으로 다가갔다. 손잡이를 잡고 이리저리 흔들며 문을 열려고 애쓰는 누군가의 실루엣이 비쳤다. 나는 전등 스위치를 올려 실내를 밝게 만들었다. 그렇게 밖에서 안이 훤히 들여다보이게 한 뒤에 상대에게 물었다.

"누구세요?"

씩씩거리는 숨소리만 들릴 뿐 상대는 아무런 대꾸를 하지 않왔다. 그러다가 갑자기 욕을 하며 고함을 질러댔다.

"야, 새끼야, 문 열어! 나야, 인간 최일주!"

인간 최일주라니? 처음에 나는 그가 지나가는 취객인 줄 알았다. 그런데 한편으론 부주방장의 목소리 같기도 했다. 출입문 유리에 이마를 바싹 대고 상대를 자세히 살폈다. 역시 6시에 퇴근한 부주방장 최일주가 술에 취해 비틀거리고 있었다. 나는 문을 열지 않았다. 저러다가 그냥 돌아갔으면 좋겠다는 생각을 했다. 어쩌면 그럴 거라고. 그러나 그는 씨발! 씨발! 하며 발로 문을 차대기 시작했다. 너무나 시끄러웠다. 나는 어쩔 수 없이 장에게 전화를 걸어 상황을 알렸다. 샤워 중에 전화를 받은 장은 어휴, 내가 못살아! 하고 한탄을 하며 말했다.

"그 새끼 또 약한 거 아냐?"

"술에 취했어요."

"그래? 내가 지금 갈 테니까 문 열지 말고 있어."

"계속 발로 문을 차서 너무 시끄러워요. 그대로 놔두면 신고 들어갈 거 같은데요."

"그래? 기연아, 신고 들어가면 큰일 난다!"

"제가 어떻게 좀 해볼게요. 얼른 오세요."

"그래, 알았다. 아무튼 신고만 들어가지 않도록 해. 그건 절대로 안 돼. 내 말 알아들었지?"

"네."

사실 나는 네, 하고 대답했지만 그의 말을 정확히 알아듣지 못했다. 하지만 무슨 이유에서건 신고가 들어가면 절대로 안된다는 사실에만 집중했다. 문밖의 최일주에게 말을 걸었다.

"부주방장님, 무슨 일로 다시 오신 건데요?"

그가 발길질을 멈추고 소리쳤다.

"시끄러워. 내가 왜 왔는지는 문 열어보면 알 거 아냐?"

"지금 사장님이 삼 층 사무실에 계세요. 내려오신다고 하니 잠시만 기다리세요."

"야, 이 새끼야, 내가 너 만나러 왔지, 사장 만나러 왔어?"

"저를요? 무슨 일인데요?"

그가 더 이상 대꾸를 하지 않고 버럭 소리를 질렀다.

"이 새끼가! 죽으려고 문을 안 여네!"

그러곤 더 세게 문을 걷어차기 시작했다. 급기야 옆 건물에서 야, 시끄러워! 하고 외치는 소리가 들려왔다. 나는 더 이상 버티면 안 될 것 같아 최일주에게 말했다.

"문 열 테니까, 제발 조용히 좀 하세요."

　나는 먼저 실내 전등을 껐다. 그리고 재빨리 달려가 라커룸 문을 열어둔 채, 마음을 단단히 먹고 출입문을 열었다. 그러자 그가 달려들듯 문을 안으로 밀고 들어왔다. 나는 뒤로 물러나 라커룸 쪽으로 도망갔다. 의도한 대로 그가 씩씩거리며 따라왔다. 그러곤 다짜고짜 달려들었다. 나는 오직 소란을 피우면 안 된다는 생각뿐이었다. 장이 올 때까지 그를 조용히 있게 만들어야 했다. 그가 내 멱살을 잡으려 할 때, 긴 팔을 이용해 그의 양어깨를 힘껏 벽으로 밀쳤다. 중심을 잃고 비틀거리는 그의 다리를 발로 내리찍어 바닥으로 쓰러트렸다. 그가 일어나지 못하도록 복부를 수차례 걷어찼다. 그리고 나를 붙잡으려고 버둥거리는 그의 두 손목을 잡아 질질 끌고 라커룸으로 밀어 넣은 뒤, 재빨리 문을 닫아걸었다.

　잠시 뒤, 라커룸 안에서 욕을 하면서 날뛰는 소리가 났다. 그래도 출입문 앞에서 난동을 부리는 것보다 훨씬 덜 소란스러웠다. 나는 라커룸 밖의 통로에 앉아 가쁜 숨을 내쉬었다. 내가 흥분이 가라앉을 즈음 최일주도 잠이 들었는지 잠잠해졌다. 나는 최일주보다 키가 크고 팔이 긴 것이 다행이라는 생각이 들었다. 그가 비틀거릴 정도로 술에 취했기에 제압이 가능했다는 생각도 들었다. 내가 아무리 선무도를 했어도 정식으로 맞붙어 싸운다면 만만치 않을 상대였다. 나는 이런 기회에 혼을 내주길 잘했다는 생각이 들었다. 하지만 나의 내부 어디에 그런 악다구니가 숨어 있었던 것인지, 마음 한편이 착잡했다. 신고 들어가면 큰일 난다는 장의 말까지 떠올라 점점 더 머릿속이 복잡해졌다. 이제 내 삶이 거칠고 위험한 세상으로 내던져진 것 같았다.

출입문이 열리는 소리와 함께 기연아! 하고 부르는 장의 목소리가 들려왔다. 얘네 왜 안 보여? 무슨 일이 난 거 아냐? 하는 부장님의 목소리도 들려왔다. 어둠 속에 앉아 있던 나는 여기요! 하고 외친 뒤 홀을 향해 걸어 나갔다. 장은 전등을 켜며 말했다.

"왜 불도 안 켜고 있어?"

"건너편에서 보일 거 같아서요."

"일주는?"

"라커룸에요."

"어떻게 된 거야?"

"시끄러워서 가뒀어요."

부장님은 라커룸 쪽으로 걸어 들어갔고, 장이 피식 웃으며 말했다.

"저 미친놈을 어떻게 가뒀어? 참, 기연이 선무도 했지?"

"많이 취해 있었어요."

"아무튼 애썼다."

"제가 몇 대 때렸는데 괜찮을지 모르겠어요."

"뭐? 네가 일주를 때렸다고? 저놈도 권투 했는데……."

"다짜고짜 제 뺨을 때리잖아요."

"그래서 저 깡패새끼를 때려 눕혔다고?"

"술에 취해서 몸도 가누지 못할 정도로 비틀거렸어요."

"그래? 다행이네. 넌 다친 데 없고?"

"네, 괜찮아요."

"잘했다. 저 새끼는 맞아도 싸. 두 번 다시 시비 걸지 못하도록 흠씬 두들겨 패지 그랬어?"

"자주 이러나 봐요?"

"나도 저놈 때문에 미치겠다. 박 실장이 데려다 놔서 함부로 자를 수도 없고, 골치야."

"박 실장이요?"

"응, 그런 사람이 있어."

장은 더 이상 대답하지 않았다. 대신 내 등을 쓸어내리며 말을 돌렸다.

"아무튼 첫날부터 고생했다. 액땜했다고 생각하고 마음에 두지 마라."

박 실장이 누구일까? 장의 곁이 내가 알고 있는 것보다 훨씬 더 위험한 세상일 수도 있다는 생각을 하며 나는 장을 따라 라커룸으로 갔다. 일주는 코를 골며 잠들어 있었고, 부장님이 그 모습을 물끄러미 내려다보고 있었다. 장이 라커룸으로 들어서자 부장님이 말했다.

"이거 언제까지 두고 볼 거야?"

장이 최일주의 다리를 발로 툭툭 건드려보며 대답했다.

"빨리 해결해야지요."

부장님이 쪼그리고 앉아 최일주를 이리저리 살핀 뒤 말했다.

"술도 먹고, 약도 한 거 같은데?"

장이 짐작했다는 듯 고개를 끄덕였고 부장님이 다시 말했다.

"큰일 생기기 전에 빨리 잘라버려. 마리 일도 그렇고 더 이상 은 안 돼."

마리 일? 그건 또 뭔지, 부장님이 축 늘어진 최일주를 자동차 에 태워 카페를 떠나자 나는 지나가는 말처럼 장에게 물었다.

"형, 마리라면, 그 예쁘게 생긴 우리 여직원 아니에요?"

장이 냉장고에서 캔 맥주 두 개를 꺼내 하나를 나에게 건네 주며 대답했다.

"응, 맞아, 걔."

나는 캔 맥주를 따 입으로 가져가며 말했다.

"눈매가 야무져 보이던데……."

"그래, 마리가 눈이 마주 매력적이지."

한쪽 테이블에 앉은 장이 나에게도 앉으라고 손짓을 하며 다 시 말했다.

"그러고 보니 마리랑 기연이랑 비슷한 점이 많네. 마리도 한 때 모델 지망생이었거든."

나는 장의 맞은편으로 앉으며 아하, 그랬구나! 하는 표정으로 말했다.

　"어쩐지 좀 달라 보이긴 했어요."

　"삼 년 전에 부모님이 유럽 여행 갔다가 교통사고로 다 돌아가셨어. 지금은 여동생하고 둘이 살고 있는데, 동생이 고3이라서 그 뒷바라지 하느라 휴학 중이야."

　"그래서 표정이 좀 그랬군요. 전공은 뭔데요?"

　"S대 미술학과야. 그래선지 좀 달라, 아주 똑똑해. 그런데 마리 표정이 왜?"

　"제가 말을 걸었는데 상대도 안 하고 빤히 쳐다보다가 다시 자기 일만 하더라고요. 그래서 저에게 반감이 있는 거 같았어요."

　"원래는 그러지 않는데, 일주 때문에 그랬을 거야."

　"왜요? 무슨 일이 있었어요?"

　"마리가 자기 여자 친구인 것처럼 일주가 여기저기 떠들고 다녔어. SNS에도 올리고."

　"둘이 사귀는 사이도 아닌데 그랬다고요?"

　"마리가 미쳤나? 그런 무식하고 흉한 놈을 사귀게."

"어이가 없네요."

"일주 휴대폰에 마리 사진이 수백 장도 넘게 들어 있었어. 부장님이 빼앗아서 다 지우고, SNS에 올린 것도 삭제시키고, 아예 계정까지 폐쇄시켰는데, 그래도 정신 못 차리고 있는 거 같아. 그 뒤부터 마리가 누군가에게 계속 전화 스토킹을 당하고 있거든. 매일 밤 12시에서 4시 사이에 스무 통도 넘게 집으로 전화가 온대. 전화를 받으면 거친 숨소리나 신음이 들려오기도 하고, 푸치니의 소프라노 아리아가 끝없이 흘러나오기도 하고, 또 어쩌다가 동생이 받으면 자기가 언니와 곧 결혼할 남자 친구이니 형부라고 부르라면서 횡설수설 별 이상한 소리까지 다 한다는 거야. 마리가 받으면 말을 안 하고. 일주는 자기가 아니라고 펄쩍 뛰는데, 마리는 일주가 틀림없다는 거야."

"집 전화를 없애버리라고 하지요?"

"나도 그러라고 했는데, 마리는 그게 해결책이 될 수는 없다는 거지. 전화를 없애면 또 다른 방법으로 접근할 거라고. 자기는 괜찮은데 동생 앞에 나타날까 봐 그게 제일 걱정이라고."

맞는 말이었다. 얼마 전에도 한 아이돌 여가수의 여동생이 SNS에서 스토킹을 하던 남자의 흉기에 찔려 중태에 빠진 사건이 있었다. 아이돌 가수가 자기를 상대 안 하자 가장 고통을 주는 방법을 택했다는 것이었다. 나는 맥주를 몇 모금 벌컥벌컥 마시고 장에게 말했다.

"많이 괴롭겠어요. 그래도 매일 최일주 씨와 한 공간에 있는 걸 보면 마리 씨도 대단하네요."

"아주 야무지고 똑똑해, 기도 세고. 같이 있으면 오히려 일주가 시선을 피한다니까."

"그렇다면 다행이네요. 그나저나 형도 골치 아프겠어요."

역시 장은 더 이상 말을 하지 않았다. 나는 생각했다. 분명히 마리가 신고를 하려 했을 것이고, 장이 박 실장이라는 인물을 의식하여 그것을 극구 말리며 곧 해결하겠다고 약속을 했을 것이고, 화가 난 마리는 평소와 다른 행동을 보이는 것으로 장에게 약속을 지키라는 무언의 압력을 넣고 있었던 거라고.

그랬기에 나는 눈치껏 자리에서 일어나며 말했다.

"형, 여긴 제가 깨끗이 정리할 테니 어서 들어가서 쉬세요."

"그래, 피곤해서 맥주도 안 들어가네. 그럼 내일 보자."

"네. 저는 내일 오전에 고모 집에 다녀오려고요. 입을 옷을 좀 가져와야겠어요."

"그래야지. 내 차 타고 갔다 와라."

"아니에요. 꼭 필요한 거만 조금 챙겨 올 거예요."

"한꺼번에 다 옮기지, 왜?"

나는 대답 대신 그냥 웃고 말았다. 이곳에 오래 머물고 싶지
않다는 말을 할 수는 없었다.

S# 2, 알은 곧 세계이다

아침에 일찍 눈을 뜨고도 나는 잠자리에서 선뜻 일어나지 못
했다. 그래서 계획했던 일을 아무것도 하지 못하고 침대 위에
서 정오를 맞이했다. 그건 내가 피곤하거나 게을러서가 아니라
뭔가 찜찜한 기운에 의욕이 저하된 탓이었다. 나는 마음이 복
잡했다. 이곳이 내가 있을 곳인지, 여러 가지로 회의가 일었다.
어제와 같은 일이 일상처럼 일어난다면 곤란했다. 나는 겨우
몸을 일으켜 커튼을 열었다. 길 건너편 보보스크롤 앞이 지난
밤과 달리 휑하니 비어 햇살만 나른하게 들어차 있었다. 그 옆
건물의 편의점 앞에는 탑차 한 대가 서 있었고, 젊은 기사가 힘
겹게 물건을 나르고 있었다. 나는 왠지 그 장면을 보는 순간 새

어머니와 냉정했던 중개인을 떠올리면서 퍼뜩 나의 현실을 직시했다. 그리고 정신 차려! 하고 스스로에게 중얼거리며 욕실로 들어가 찬물로 샤워를 했다.

서둘러 고모 집에 가서 짐을 가저오면 될 것 같았다. 히얀 아사면 셔츠에 지난여름 일본 여행을 갔을 때 구입한 남색 슬랙스를 입고 거울을 들여다보았다. 그때만 해도 세상 물정 모르고 마음껏 쇼핑을 하며 살았는데, 이젠 두 번 다시 그런 시절이 오지 않을 거라는 생각을 하며 나는 왁스를 집어 들었다. 모자를 써야 완성되는 옷차림이지만 모자는 쓰지 않았다. 3시부터 카페 일을 해야 했다. 나는 왁스로 머리를 매만지고 헤어스프레이까지 뿌려 스타일이 망가지지 않도록 단단히 고정시켰다. 아무래도 다시 거울을 볼 시간이 없을 것 같았다.

일 층으로 내려가자 장이 저만치서 잘 다녀오라고 고개를 끄덕여 보였다. 나도 꾸벅 인사를 하고 카페를 나섰다. 그러나 나는 고모 집에 가지 못했다. 횡단보도를 건너며 시간을 계산했는데 애매했다. 버스를 타면 3시까지 돌아오지 못할 것 같았고, 지하철을 타려면 한참을 걸어가야 했다. 올 때만 택시를 타려고 했는데, 아무래도 갈 때도 택시를 타야 할 것 같았다. 나는 보보스크롤 앞에 서서 택시를 잡기 시작했다. 그런데 이상하게 도 빈 택시가 없었다. 길 건너편 카페 데미안 앞에도 마찬가지였다. 점점 시간이 흐르자 나는 초조했다. 차라리 처음부터 지하철을 타러 달려갔으면 지금쯤 반은 갔을 거라는 후회도 일었다. 슬금슬금 오늘은 무리라는, 내일 다녀와야겠다는 생각이들기 시작했다. 그래도 금방 돌아서지 못하고 한동안 우두커니서 있었다. 다시 카페로 들어가기도 뭐하고, 어디 갈 곳도 마땅찮았다. 게다가 내가 평소의 나 같지 않게 자꾸만 미적거리고있어 기분이 이상했다.

"여기선 택시 잡는 것보다 마약 구하기가 더 쉬워요."

분명히 나를 향해 말하는 소리가 틀림없었다. 나는 뒤를 돌아보며 네? 하고 되물었다. 에스닉 패턴의 남색 계열 블라우스에 하얀 슬랙스를 입은 세련된 모습의 여자가 나를 빤히 쳐다보고 있었다. 마리였다. 나는 그녀가 마리라는 걸 처음엔 알아보지 못했다. 주변에 나와 그녀 외엔 아무도 없다는 것을 먼저파악했고, 그러니 그녀가 나에게 말을 한 것이 분명하다는 확

신을 했고, 곧이어 여러 가지 생각에 빠져들었던 것이다. 설마,
나에게 하는 소리였어? 이 여자가 미쳤나? 왜 나에게 이런 말
을 하나? 그런데 이 여자 왜 이렇게 멀쩡한 거야? 심지어 예쁘
기도 하네? 옷차림까지 일부러 나와 커플룩으로 맞춰 입은 것
같잖아, 도대체 정체가 뭐야? 나는 경계하듯 한 걸음 물러나며
그녀를 자세히 살폈다. 그제야 긴 머리를 하나로 묶었지만 눈
매가 야무진 마리가 보였다. 그래도 확인이 필요했다.

"마리 씨?"

"네. 아직 정식으로 매니저를 안 다녀서 저는 그쪽을 뭐라고
불러야 할지 모르겠네요."

그만큼 마리의 모습은 어제와 달랐다. 어제는 머리를 풀고
화장도 거의 하지 않은 얼굴에 유니폼을 입고 있었다. 게다가
나를 상대도 하지 않았었다. 그런데 오늘은 무슨 일로 나에게
먼저 말을 거는지, 나는 당혹스러웠지만 크게 내색하지 않았
다. 애써 아무런 감정이 실리지 않은 표정으로 되물었다. 아니,
오히려 내 말투는 절로 부드럽게 나갔다.

"조금 전에 저에게 말을 건 거예요?"

"네, 제가 옆에 있는 줄도 모르고 계속 저 예쁜 여자만 쳐다

보고 있는 거 같아서요."

나는 무슨 소리인지 알 수 없어 마리가 얼굴로 가리키는 곳을 쳐다보았다. 정말 그곳엔 누가 봐도 눈에 띄게 예쁜 여자가 서 있었다. 여자는 선글라스를 썼다 벗었다 하며, 밤새 마신 술이 아직 깨지 않은 듯한 기색으로, 조금씩 비틀거리며 택시를 잡으려고 손을 흔들고 있었다. 연예인 같았다. 나는 마리에게 여자를 쳐다보고 있었던 것이 아니라는 말을 하려다가 그만두었다. 대신 다른 말을 했다.

"지금 출근하시는 거예요?"

"아니요. 전 오늘 근무 없어요. 사장님이 잠깐 보자고 해서 나왔다가 돌아가는 길이에요. 편의점 안에서 그쪽이 횡단보도를 건너오는 걸 봤어요. 어디 가세요?"

"네, 볼일이 있었는데 시간상 내일로 미뤄야 할 거 같아요."

"이 동네는 버스 타는 게 제일 편해요. 콜택시도 안 와요."

"그렇군요. 그런데 마리 씨, 제가 지금 좀 얼떨떨해요. 저를 대하는 게 어제와 달라서. 갑자기 왜 이러세요? 하고 묻고 싶네요."

"사장님한테 어젯밤에 있었던 일 얘기 들었어요."

"아, 그랬어요? 그런데 왜?"

"사실, 그쪽이 최일주를 혼내줬다는 말을 듣고 눈물이 핑 돌았거든요. 나를 위해 그런 게 아닌데도 괜히 고마웠어요. 든든한 내 편이 생긴 것 같기도 했고."

내색은 하지 않았지만 마음고생이 무척 심했구나, 나는 연민이 일었다. 마리의 마음을 충분히 이해할 수 있을 것 같았다. 내가 죽도록 미워하는 사람을 누군가 흠씬 두들겨 패준다면 나역시 그 누군가에게 무조건적인 호의를 베풀 것 같았다. 나는 마리에게 더 이상 그 이유를 묻지 않았다. 장이 들려준 그녀에 대한 이야기를 떠올리며 말없이 그녀를 바라보았다. 그리고 다음 순간, 나는 그녀와 나 사이에 어떤 알 수 없는 에너지가 작용하는 것을 강하게 느꼈다.

그녀도 나의 시선을 피하지 않고 말없이 나를 바라보았다. 그녀와 나는 그렇게 잠시 서로의 시선을 붙잡고 미동도 없이 서 있었다. 그러다가 그녀가 갑자기 고개를 숙였고, 바로 그 짧은 순간 나는 반짝, 하고 빛나는 그녀의 눈물을 보았다. 그리고 그와 동시에 나는 어처구니없게도 최일주로부터 그녀를 지켜주고 싶다는 황당한 생각을 했다. 뭐 이런 일이 다 있지? 하면서도. 그러나 나는 그것을 입 밖으로 소리 내어 말하지 않았다. 단지 동정심이라면 말할 수 있을 것 같은데, 내 마음이 그런 것만은 아닌 것 같았다. 이미 마리를 처음 만났을 때부터 그 눈매에 마음이 끌렸다고 하는 게 옳았다.

다행히 마리는 금방 감정을 추슬렀다. 나는 그녀의 눈물을 못 본 척했다. 그러자 그녀가 목소리 톤을 한껏 밝게 해 말을 걸었다.

"우리 내기할래요?"

"내기요?"

"네, 진 사람이 밥 사기."

마리는 또다시 택시를 잡고 있는 예쁜 여자를 눈짓으로 가리키며 말했다.

"저 여자는 모델이고, 방금 전에 남자와 섹스를 했고, 몸에는 아직 마약 기운이 남아 있다! 어때요, 맞다? 아니다?"

"저 여자가요? 아니다!"

"맞을걸요?"

나는 고개를 저으며 말했다.

"설마, 이 시간에요? 혹시 마리 씨가 아는 사람이에요?"

"전혀."

"그런데, 그렇게 말하면 명예훼손 아닌가?"

"이 거리가 원래 그런 곳이거든요. 그러니 그쪽도 조심하시라고요."

하긴 이 거리에서 만나는 여자들은 하나같이 예뻤지만, 예쁜 만큼 위험했다. 나는 더 이상 말을 잇지 않았다. 마리가 그런 말을 하는 건 나에게 관심이 있기 때문이라고 해석하자 기분이 나쁘지 않았다. 피식, 하고 절로 웃음이 나왔다.

그때, 택시를 잡던 여자가 주유소 쪽 사거리를 향해 걸어가기 시작했다. 그러면서 계속해서 손을 흔들어댔다. 빈 택시가 아닌데도 그러는 걸 보면 정상이 아닌 것 같기는 했다. 어쨌든 나도 그 자리에 계속 서 있을 수만은 없었다. 휴대폰을 열어 시각을 확인했다. 어느새 데미안을 나온 지 사십 분이나 지나 있었다. 마리와 함께 점심 식사를 하면서 천천히 이야기를 나누다가 일하러 들어가면 참 좋겠다는 생각을 했다. 그런데 마침 그녀가 센스 있게 물었다.

"점심 식사 해야죠?"

나는 기다렸다는 듯 대답했다.

"당사자가 가버렸으니 누가 맞는지 확인할 수는 없고, 그냥 제가 점심 살게요."

"그냥이 아니라, 당연히 밥 사셔야 하는 거였어요. 아무튼 가시죠? 제가 쏠게요."

"아니에요, 마리 씨는 다음에 사세요."

"출근 첫날부터 저 때문에 기분 나빴잖아요? 사과하는 의미에서 제가 살게요."

그런데 정말 이상한 일이었다. 나는 사실 다른 여자가, 길에서 택시를 잡고 있는 모르는 여자를 가리키면서 '저 여자는 모델이고, 방금 전에 남자와 섹스를 했고, 몸에는 아직 마약 기운이 남아 있다.' 하고 말했다면 상대도 하지 않았을 거였다. 설사 그것이 맞는 이야기라고 해도 말조차 섞지 않고 피했을 거였다. 일부러 그런 주제로 이야기를 나누지 않는 이상 편하게 할 수 있는 이야기가 아니었다. 그런데도 나는 마리의 말이 거북하게 들리지 않았다. 오히려 한마디 한마디가 내 마음속으로 들어와 세포 사이사이 스며드는 것 같았다. 그 어떤 말도 분홍빛으로 변해 내 온몸을 발그레 물들이는 것 같았다. 나는 첫눈에 반한다는 게 이런 거구나, 하는 생각이 들었다. 그리고 잠시 뒤, 마리와 함께 길을 걸으며 이상한 경험을 했다. 나는 여자가 이렇듯 특별하게 다가온 적이 없었다. 그동안 여자 친구를 여러 명 사귀었지만 이렇듯 설레지는 않았었다. 나는 마리에게서 빛이 나는 걸 느꼈고, 한 번씩 가슴이 벅차올라 심호흡을 해야 했다. 특히 그 눈을 쳐다보고 있으면 빨려들 것 같아 시선을 돌려야 했다. 나는 눈매가 야무지다고 표현했지만 장의 말이 더 옳았다. 매력적인 눈이었다.

그렇게 마리와 점심 식사를 한 뒤부터 나는 새로 태어난 기분이었다. 마리로 인해 내 안에서 일어난 즐거움에 빠져 하루하루를 보냈다. 온몸의 감각이 열려 마리를 향하고 있었다. 그러면서 마리도 나와 똑같은 감정이길 희망했고, 마리가 좋아하는 레모네이드를 먹기 시작했다. 마리는 여름엔 레모네이드를, 겨울엔 밀크티를 즐겨 먹는다고 했다. 사실 나는 둘 다 좋아하지 않았다. 레모네이드는 너무 달달했고 밀크티는 너무 간지러웠다. 그런데도 나는 레모네이드를 하루에 두 잔 이상씩 마셨고, 그것을 마시며 마리와 함께하는 온갖 상상을 했다. 장으로부터는 전보다 말이 많아진 것 같다는 소리를 들었다. 무슨 좋은 일이 있느냐고.

그러던 어느 날이었다. 그런 나의 기분을 깨어버리는 일이 생겼다. 물론 그것이 결국 마리와 더 가까워지는 계기가 되었지만. 어쨌든, 한 달가량 나를 피하며 슬금슬금 눈치를 보던 최일주가 또다시 시비를 걸었다. 마리와 이야기를 나누고 있는데 바로 뒤쪽에서 "저 새끼, 얼굴마담 주제에, 호스트바에나 어울릴 놈이 왜 여기 와서 깝치는 거야." 하고 중얼거렸다. 나는 마리 앞에서 그런 말을 들었기에 더 화가 치밀었다. 그러나 그 자리에서 맞서 대꾸할 수는 없었다. 마감을 앞두고 있었지만 손님들이 꽤 남아 있었고, 마침 장과 부장님이 퇴근을 하고 없기에 책임자로서도 그럴 수 없었다. 또한 마리가 미친놈! 하고, 최일주가 들어도 상관없다는 듯 중얼거리며 나에게 지금은 참을 거라고 믿어요, 하는 뉘앙스의 눈짓을 보냈던 것이다.

나는 사람들이 눈치채지 못하게 주방으로 들어가고 있는 최일주를 주시했다. 주방도 곧 마감을 하고 퇴근할 시간이었다. 어떻게 해야 할지 곰곰이 생각해보았다. 그냥 넘어가면 안 될 것 같았다. 일단 장에게는 알려야 했기에 주머니에서 휴대폰을 꺼내 들었다. 그때, 마리가 자신의 휴대폰 액정화면을 내 얼굴 가까이 들이댔다. 장에게 보낸 문자 메시지가 떠 있었다.

최일주 또 시작했어요. 한 번만 더 그러면 고소해도 된다고 하셨죠?

문자를 읽자마자 바로 장에게서 전화가 왔다. 나는 주방에서 보이지 않는 테이블 쪽으로 걸어가며 전화를 받았다. 마리가 뒤에서 쳐다보고 있는 게 느껴졌다. 장이 말했다.

"일주가 또 사고 쳤니?"

"저에게 욕을 하며 시비를 걸었어요. 손님들이 있어서 참고 있어요."

"잘했다. 그리고 기연아, 그 새끼 두들겨 패 반쯤 죽여도 되는데 고소는 안 된다. 마리 좀 말려라. 부탁한다."

"네 알았어요. 일단은 그렇게 할게요."

"내가 지금은 일이 있어 지방에 내려가는 중이니까, 무슨 일 생기면 바로 부장님한테 연락하고."

전화를 끊은 나는 마리에게 다가가 말했다.

"이제부터 최일주는 내가 알아서 할 테니 마리 씨는 신경 쓰지 마세요."

마리가 말 잘 듣는 어린아이처럼 고개를 끄덕였다. 그 표정이 나를 많이 의지하고 있는 것처럼 보였다. 나는 마리가 내 여자가 된 것 같아 기분이 우쭐했다.

잠시 뒤, 나는 혹시나 하고 마리에게 물었다.

"사장님 지인 중에 박 실장이라는 사람 알아요?"

"왜요?"

마리의 대답이 의외였다. '네, 알아요.'나 '아니, 몰라요.'가 아닌 '왜요?' 하고 되물었기에 나는 당혹스러웠다. 그건 어쨌든 잘 알고 있다는 뜻이었다. 나는 무슨 말을 어디까지 해야 할지 망설여졌다. 간단히 나눌 이야기가 아니라는 생각이 들어 우선 둘러대며 말을 돌렸다.

"그냥 여러 사람들이 이야기를 해서 누군가 궁금했어요."

"그게 다예요?"

마리는 믿기지 않는다는 눈치였다. 계속 나를 빤히 쳐다보았다. 나는 어색하게 웃으며 물었다.

"왜 그래요? 아무것도 아니라니까."

그러나 이미 마리의 표정이 좋지 않았다. 내가 말을 하면 할
수록 얼굴 근육이 미세하게 떨리며 점점 더 경직되었고, 나중
엔 눈동자마저 불안하게 흔들리는 게 느껴졌다. 나는 얼른 마
리를 달래듯 말했다.

"우리 나중에 얘기해요. 잠깐 바람 좀 쐬고 올게요."

그제야 마리가 고개를 끄덕였고, 돌아서려는 나에게 혼잣말
처럼 속삭였다.

"그 사람, 질이 안 좋은 사람인데……."

나는 출입문 쪽으로 걸어가며 주방 안에 있는 최일주를 쳐다
보았다. 최일주가 나의 시선을 피해 돌아섰다. 그러면서도 그
는 쳇, 하고 조롱하듯 웃었고, 나는 더욱 기분이 상해 우뚝 멈춰
섰다. 팔짱을 끼고 최일주를 노려보았다. 주방 정리를 마친 보
조 두 명이 나의 눈치를 보며 어쩔 줄 모르고 서 있었다. 나는
최일주에게서 시선을 떼지 않은 채 말했다.

"두 분은 퇴근하세요. 그리고 부주방장님은 잠깐 저 좀 보고

가시죠."

나는 최일주가 나를 피해 도망을 갈 거라고 짐작을 하며 카페 밖으로 나가 심호흡을 했다. 그제야 밀려들듯 갈증이 일었다. 이온음료가 마시고 싶었다. 횡단보도 앞으로 가서 신호가 바뀌기를 기다렸다. 그러면서 최일주를 향해 개새끼! 하고 중얼거렸다. 그때 노란 블라우스를 입은 여자가 깜짝 놀라 서너 걸음 옆으로 물러섰다. 그러곤 경계의 눈빛으로 흘금흘금 나를 살폈다. 나는 아무 일도 없었던 것처럼 앞을 응시하고 있다가 신호등이 바뀌자 천천히 길을 건너갔다. 나보다 앞서 횡단보도를 뛰어 건너간 노란 블라우스가 고개를 돌려 흘깃, 나를 쳐다보곤 편의점 안으로 뛰어 들어갔다. 나는 편의점에서 이온음료를 사고 싶었지만 노란 블라우스가 불안해할 것 같아 그냥 지나쳤다. 보보스크롤을 지나 사거리 쪽에 있는 음료 자판기를 떠올리며 길을 따라 걸어 올라갔다.

자정이 가까운 시간, 보보스크롤 앞은 데미안에서 바라보는 것보다 훨씬 들뜬 분위기였다. 쿵쿵 심장을 울리는 음악과 번쩍이는 불빛에 정신이 혼미해질 정도였다. 몸을 흔들며 오가는 젊은 남녀들의 옷차림도 무척 선정적이었다. 또한 그들의 웃음 소리는 주차요원과 안내원 들이 의도적으로 만들어내는 흥분된 분위기에 휩쓸려 하나같이 톤이 높았다. 나는 별난 세계에 들어와 있는 느낌이었다. 일 년 전까지도 내가 이 무리 속에 있었다는 사실이 믿어지지 않았다. 착잡했다. 이제는 그들 곁을 지나가는 것조차 사치라는 생각이 들어 기분이 가라앉았다. 요란한 분위기에 현기가 일어 고개를 내저으며 빠르게 걸었다.

그때, 포르셰 박스터 한 대가 미끄러지듯 건물 앞으로 들어왔다. 사람들의 눈길이 그 자동차에 쏠렸다. 주차요원은 더욱 굽실대며 주홍빛 막대 봉을 흔들어댔고, 한 쌍의 남녀가 안내원에게 귀빈 대접을 받으며 차에서 내렸다. 나는 포르셰 박스터를 타고 온 남녀를 유심히 살폈다. 그리고 반사적으로 몸을 돌려 섰다. 그러나 기연아! 하고 나를 부르는 소리에 움찔했다. 역시, 누군가 자정이 넘은 금요일 밤에 포르셰 박스터를 타고 이 거리에 나타났다면, 그건 내가 아직 아버지의 돈으로 풍족한 생활을 했던, 잘나가던 대학 시절의 스키 동아리 친구인 정호일 확률이 높았다.

그러나 나는 돌아보지 않았다. 못 들은 척했다. 아니 내가 기연이 아닌 척하고 성큼성큼 앞으로만 갔다. 잘못 봤나? 하고 정호가 자신의 눈을 의심하기를 바라며 뛰듯이 빠르게 걸어갔다. 그러곤 얼떨결에 사거리 음료 자판기 앞에 섰다. 천 원짜리 지폐 두 장을 넣고 이온음료를 꺼냈다. 거스름돈으로 나온 동전을 바지 주머니에 챙겨 넣은 뒤 이온음료 마개를 열었다. 그것을 벌컥벌컥 마셨다. 그제야 목구멍으로 뜨거운 기운이 울컥 치받쳐 올라왔다. 그 뜨거운 기운을 도로 삼키느라 거듭 이온음료를 마시며 심호흡을 했다. 그러곤 무기력하게 그 옆 벤치에 앉아 한동안 이런저런 생각에 빠져들었다. 머지않아 어머니의 기일인데 어쩌나, 아버지는 밥이라도 잘 챙겨 드시고 있는지. 결국 반드시 성공해서 돈을 많이 벌어야 한다는 다짐을 하며 벤치에서 일어났다.

다시 자판기 앞에 서서 복숭아 맛 이온음료를 하나 더 꺼내 들고 데미안 쪽을 바라보았다. 출입구엔 불이 꺼졌고, 홀 안에도 카운터 쪽에서만 희미하게 불빛이 흘러나왔다. 카페를 나온 지 너무 오래된 것 같았다. 최일주는 내 짐작대로 도망을 갔을 것이고, 마리는 나를 걱정하며 기다리고 있을 것이었다. 나는 서둘러 횡단보도를 건너 데미안을 향해 걸어갔다. 그러면서 보보스크롤 쪽은 쳐다보지 않았다. 당분간, 예전의 생활을 떠올리는 일은 피해야 할 것 같았다. 그러지 않으면 불행한 나날을 보낼 것 같았다.

데미안에 이르자 직원들은 모두 퇴근하고 없었다. 마리 혼자 두 손에 휴대폰을 꼭 쥐고 밖을 내다보며 앉아 있었다. 내가 돌아오기를 애타게 기다리고 있는 걸 알 수 있었다. 나는 문을 열어준 마리에게 이온음료를 건네며 말했다.

"너무 늦게 왔죠? 미안해요."

"아니에요. 다들 이제 막 나갔는걸요."

그렇게 말해주는 마리의 마음 씀씀이가 고맙고 예뻤다. 무겁게 가라앉았던 마음이 한결 가벼워지는 듯했다. 나는 카운터로 걸어가며 말했다.

"바로 전화하지 그랬어요?"

"정말 금방 갔다니까요."

나는 포스기를 열고 지폐를 꺼내 정리하며 말했다.

"마리 씨, 우리 약속해요. 앞으로는 무슨 일이든 혼자 속 태우지 않기."

"네, 그럴게요. 그런데 기분은 좀 풀렸나요?"

나는 웃음으로 대답을 대신하고 포스기 마감을 서둘렀다. 그러는 동안 마리는 동생과 문자를 주고받았고, 라커룸으로 가서 옷을 갈아입고 나왔다.

"잠깐만 기다리세요. 데려다줄게요."

내 말에 마리가 얼굴을 갸웃 기울이며 씽긋 웃어 보였다. 그러겠다는 제스처였다. 마리는 기분이 좋을 때는 대답 대신 그런 모습을 취했다. 처음에 그 모습을 보며 내가 "무슨 의미죠?" 하고 묻자 마리가 다시 한 번 그 모습 그대로 취해 보이며 말했었다. "예스 오케이 땡큐!"

마리의 집은 카페에서 두 정거장 거리였다. 주유소 사거리에서 곧장 횡단보도를 건너 삼십 미터 정도 올라가면 왼쪽 코너에 꽃집이 있고, 그 꽃집을 끼고 돌아 백 미터쯤 가면 오른쪽 골목 입구에 생뚱맞은 느낌으로 '송영 피규어 아티스트'라고 조그만 간판이 달린 전시장이 하나 있고, 그곳에서 오십 미터 안쪽의 붉은 벽돌로 지은 다세대 빌라 삼 층 302호가 마리의 집이었다.

마리와 함께 카페를 나선 나는 천천히 걸었다. 유난히 하루가 길었다는 생각이 들었다. 그래도 마리가 있으니 크게 힘든 줄 모르고 하루를 보낸 것 같았다. 나는 횡단보도 앞에 서서 마리의 손을 잡았다. 처음이었다. 마리도 가만히 있었다. 우리는 녹색 신호등이 들어올 때까지 말없이 서 있었다. 나는 그 어떤 생각이 밀고 들어올 틈도 없이 행복감에 젖어 들었다. 우리는 횡단보도를 건너면서도, 대로를 따라 걸으면서도 손을 놓지 않았다. 꽃집을 끼고 돌면서 마주 보고 웃었고, 나는 나머지 한 손으로 마리의 머리를 쓰다듬었다. 그러고 다시 아무런 말 없이 행복감에 젖어 '송영 피규어 아티스트' 간판 앞까지 걸어갔다.

그곳에서 마리가 내 손을 더욱 꼭 쥐며 속삭이듯 다정하게 말했다.

"아까는 잘 참았어요."

나도 고개를 끄덕이며 속삭이듯 물었다.

"최일주는 언제 갔어요?"

"기연 씨 나가자마자 바로 인사도 없이 갔어요."

나는 혼잣말을 하듯 중얼거렸다.

"그럴 줄 알았어."

마리도 혼잣말을 하듯 중얼거렸다.

"나는 그래서 더 걱정했는데, 혹시 기연 씨 뒤따라가서 시비를 걸면 어쩌나 하고. 그런데 도망가라고 일부러 자리를 피한 거라고요? 그 모든 게 의도한 거라고요?"

나는 대답 대신 또다시 남은 한 손으로 마리의 머리를 쓰다듬으며 웃었다. 그러곤 그 손으로 마리의 한 손마저 잡아 마리를 가까이 당기고 마주 서서 말했다.

"그런데 마리 씨, 나랑 좀 더 있다 가면 안 되나?"

마리가 아쉬운 듯 대답했다.

"저도 정말 그러고 싶은데 다음에요. 내일 동생이 모의고사를 봐요."

"동생은 참 좋겠다. 마리 씨랑 같이 살아서."

마리는 집 앞에 도착해서도 한참을 더 있다가 들어갔다. 나보다 마리가 더 내 손을 쉽게 놓아주지 않았다. 키득키득 웃으며 이런저런 이야기를 하다가 이번엔 반대로 내 양손을 잡아당겨 가까이 마주 서더니 생글거리면서 물었다.

"우리 서로 좋아하는 거 맞죠? 그런데 왜 나한테 고백 안

해?"

말을 놓으며 눈을 동그랗게 뜨고 내 대답을 기다리는 마리가 너무나 사랑스러웠다. 나는 참을 수 없었다. 마리의 입에 입술을 갖다 대고 쪽 소리가 나게 입을 맞췄다. 그렇게 몇 번 장난스럽게 뽀뽀를 하다가 혀로 마리의 입술을 핥기 시작했다. 그리고 어느 순간 헉, 하고 마리의 입술이 열리자 미칠 듯이 키스를 했다. 처음엔 차가웠던 마리의 입술이 불에 덴 것처럼 뜨거워졌고, 내 성기도 뜨겁고 팽팽하게 달아올랐다. 그러나 우리는 곧 서로에게서 떨어졌다.

빌라 위층에서 누군가 현관문을 열고 나오는 소리가 들렸고, 때마침 주머니에 넣어둔 내 휴대폰이 진동을 하고 울렸다. 얼떨결에 마리가 나에게서 떨어져 잘 가라는 눈짓을 하고 층계를 뛰어 올라갔다. 그런데 뛰어 올라간 마리에게 "언니!" 하고 부르는 누군가의 목소리가 들렸다. 동생일 터였다. 나는 재빨리 건물 밖으로 나가 달려가듯 걸어가며 휴대폰을 받았다.

장이었다. 나는 아차, 싶었다. 장에게 먼저 어떻게 되었는지 알려야 했었다는 생각이 들었다. 밖에 있는 걸 눈치챈 장이 먼저 물었다. 이럴 땐 솔직한 게 가장 좋은 방법이었다.

"어디니?"

"밖이에요. 마리 씨 데려다주고 돌아가는 길이에요."

"왜?"

"저 때문에 퇴근이 너무 늦어졌어요."

"그랬구나. 최일주는 어떻게 됐어?"

"끝나고 얘기 좀 하자고 했더니, 제가 편의점에 다녀오는 사이에 도망갔네요."

"그래?"

"……."

"일주는 이번 달까지만 일할 거야. 그러니 신경 쓰지 마라."

"네. 그럴게요. 마리 씨가 좋아하겠네요."

통화를 마친 나는 '송영 피규어 아티스트' 앞을 지나며 생각했다. 최일주를 자르는 걸 보면 장이 박 실장이라는 사람과 이야기를 잘 끝낸 모양이라고. 그러자 박 실장이 누구인지 더욱 궁금했다. 마리의 말도 떠올랐다. 그 사람, 질이 안 좋은 사람인데…….

나는 매일 밤 마리를 데려다주었다. 낮 근무일 때는 미리 나가 밖에서 기다렸다가, 밤 근무일 때는 함께 일을 마치고. 그러면서 우리는 차츰 서로에게 말을 놓았고 많은 이야기를 나누었다. 또한 사랑에 빠진 남녀가 그렇듯 서로의 몸과 마음이 하나가 되길 뜨겁게 열망했다. 사거리쯤에서부터 손을 잡고 걸었고, 꽃집을 끼고 돌면 어깨나 허리에 손을 두르고 한 번씩 볼이나 입술에 뽀뽀를 하며 걸었다. 그러곤 '송영 피규어 아티스트' 앞을 지나고부터는 더욱 진한 스킨십을 했다. 혹시 골목에 사람이 있으면 주차장 안쪽으로 들어가 끌어안고 있었다. 어떨 때는 데미안에서 집까지 걸어가는 시간보다 주차장 벽에 기댄 마리의 몸에 내 몸을 밀착시키고 있는 시간이 더 길었다. 나는 마리의 치마를 걷어 올리고 섹스를 하고 싶었지만 그러지는 않았다. 그건 스킨십과 조금 다른 문제였다. 그런 식으로 하기엔 마리가 너무 소중했다.

그러던 어느 날, 마리가 나에게 작은 액자 하나를 선물했다. 그리고 그날 밤, 나와 마리는 아낌없는 섹스를 했다. 그것은 모든 기운이 맞아떨어져 그럴 수밖에 없는 시간 같았지만 마리에 의해 치밀하게 계획된 일이기도 했다. 그만큼 마리는 우리의 첫 섹스가 아름답게 기억될 수 있기를 바라는 것 같았다. 마치 의식을 치르는 듯 신중하게 굴었다. 그날은 한 달에 한 번 카페가 쉬는 셋째 주 일요일이었다. 나는 아침부터 마리와 만나 하루 종일 함께 있기를 원했지만 마리는 무엇 때문인지 저녁에 만나자고 했다. 시간도 정확히 알려주지 않고 애를 태우다가 해질 무렵 액자 하나를 들고 카페로 왔다. 그러곤 그 액자를 굳이 내 방에 걸어주겠다고 했다. 액자 속엔 어디서 많이 본 듯한 그림이 엽서 두 장 크기로 프린트되어 들어 있었다. 앞쪽 창가에 세 개의 하얀 알이 담겨 있는 새둥지가 있고, 창문 밖 저 멀리엔 독수리 같은 새와 결합된 웅장한 설산(雪山)이 있는 그림이었다. 나는 의아했다. 마리가 왜 갑자기 액자를 가져와 내 방에 걸어놓겠다는 건지. 더욱이 마리는 한 번도 내 방에 들어온 적이 없었다.

그런 그녀가 내 방에다 직접 그림을 걸어주겠다고 하자 나는 별생각이 다 들었다. 이제는 나와 섹스를 할 때가 되었다고 생각을 하는 건 아닌지, 그렇다면 가장 바라던 바였다. 사실, 나는 그녀를 향해 한껏 몸이 달아올라 있었다. 같이 있으면 늘 만지고 싶고, 키스를 하고 싶고, 무엇보다 섹스를 하고 싶었다. 사랑에 흠뻑 빠진 젊은 남녀가 두 달이 다 되도록 섹스를 하지 않는다는 건 분명 이상한 일이었다. 어쨌든 마리의 속마음을 알 수 없어 내가 의아한 표정을 짓고 있자 마리가 말했다.

"르네 마그리트의 그림이야. 나는 힘든 일이 생기면 이 그림을 보면서 희망을 가지곤 해. 내가 이 앞의 아직 깨어나지 않은 알이라고 생각하고, 저 뒤 배경을 보고 있으면 아무리 힘든 일이 생겨도 두렵지 않거든. 이제 곧 알에서 깨어나 독수리가 되어 설산을 향해 힘차게 날아갈 테니까."

나는 마리의 말을 충분히 이해했다는 의미로 한마디 거들었다.

"그러니까 저 설산이 데미안에 나오는 아브락사스인 거지?"

그러나 마리는 난감한 표정을 지으며 말했다.

"아니, 그거하고는 다른 얘기야."

뭐가 다르다는 건지, 나는 이해할 수 없었다. 마리가 다시 말했다.

"이 마그리트의 설산은 희망을 얘기하지만, 데미안의 아브락사스는 천사와 악마를 공유하면서 이 세상을 지배하는 불완전한 신을 뜻하거든. 그래서 나는 데미안을 다섯 번쯤 읽어본 결과 이런 생각을 했어. 싫든, 좋든 아브락사스의 손아귀에 놓여 있는 게 인간의 운명이고, 아브락사스의 정원을 거니는 게 인간의 삶이라고."

마리가 필요 이상으로 진지하게 말하는 것 같아 나는 난감했다. 사실, 나는 데미안을 고등학교 때 읽긴 했지만 잘 기억나지 않았다. 대충 이런, 이런 이야기에 이런, 이런 내용을 담고 있는 게 아닐까 하는 정도로만 알고 있었다. 그러나 마리는 계속 말했다.

"그런데 마그리트는 문을 이용해서 두 차원의 세계를 결합하고 있어. 그에게 있어 문은 현실과 현실을 잇는 통로가 아니라 현실과 미지의 세계, 혹은 의식과 무의식의 세계를 잇는 통로야. 그렇게 서로 다른 차원과의 소통을 가능하게 해주는 역할을 하고 있는 거지."

그녀가 내 말을 알아들었느냐는 식으로 나를 빤히 쳐다보았다. 나는 그녀를 끌어안고 키스를 하고 싶은 마음뿐이었지만 애써 진지하게 대답했다.

"그래서 초현실주의 작품인 거잖아."

그러나 나는 곧 괜히 한마디 거들었다는 생각이 들었다. 나와 말이 통한다고 여겼는지 마리가 활짝 웃으며 본격적으로 자신의 전공인 그림에 대해 설명하기 시작했던 것이다.

"맞아, 그렇지. 단지 하나, 마그리트나 막스 에른스트 같은 화가는 초현실주의지만 사물의 리얼리티를 벗어나는 표현은 하지 않았어. 다시 말해서 현실 자체를 상상적인 이미지로 가득 채워서 사람들에게 알 수 없는 것, 또는 알려지지 않은 것을 눈에 보이게 형상화시켜주는 작업을 한 거지. 그런 걸 뭐라고 하는 줄 알아?"

"뭔데?"

"시각의 변증법."

너무 어려웠다. 그 지점부터 마리의 말은 점점 공중으로 흩어졌고 내 귀에 들려오지 않았다. 대신 내 눈에 마리의 꿈틀거리는 분홍빛 입술이 점점 확대되어 들어왔다. 나는 더 이상 참지 못하고 마리를 끌어당겨 안았다. 그리고 마리의 입술을 내 입술로 막아버렸다. 마리도 순순히 내 입술을 받아들였다. 그러나 잠시 뒤 내가 마리를 침대 위로 눕히려 하자 두 손으로 나를 밀어내며 말했다.

"안 되겠다. 나 갈 거야."

"왜?"

"나는 진지하게 말하고 있는데, 자긴 딴생각만 하고 있잖아."

그렇다고 마리가 정말 가버릴 거라는 생각은 하지 못했다. 마리가 실제로 방을 나갈 때도 나는 장난으로 알고 있었다. 층계를 내려가는 소리가 나고 출입문을 열고 나가는 소리가 들려도 편의점에 아이스크림 같은 걸 사러 갔다고 생각했다. 나는 침대에 누워 마리가 다시 나타나 까르르 웃음을 터뜨리며 내품으로 달려들 거라고 기대하고 있었다. 하지만 마리는 내 생각을 무참하게 깨버리고 정말로 가버렸다. 오 분이 지나고 십분이 지나고, 이십 분이 지나도 다시 나타나지 않았다. 나는 황당했다. 마리의 휴대폰으로 전화를 걸어보았다. 받지 않았다. 비로소 마리가 그림을 통해 나에게 뭔가 중요한 말을 하려 했다는 생각이 들었다.

더 이상 마리에게 전화를 걸지 않았다. 나는 데미안을 한 번더 꼼꼼히 읽어봐야겠다는 생각을 했고, 마리에 비해 내가 많이 무식한 것 같다는 생각을 했다. 그러면서 나는 침대에 누웠

다. 마리가 걸어놓은 그림을 올려다보며 마리의 마음을 헤아려
보았다. 마리는 내가 인생의 가장 힘든 시기를 보내고 있다는
생각을 한 거 같았다. 온통 마리와의 섹스에만 관심이 쏠려 있
었던 나는 조금 부끄러웠다. 마리가 들려준 몇 가지 내용을 스
마트폰으로 인터넷 검색을 해보았다. 르네 마그리트, 설산, 데
미안, 아브락사스, 시각의 변증법. 그리고 아브락사스가 나오
는 데미안의 한 구절을 몇 번이고 중얼거리며 그 의미를 떠올
려보았다.

새는 알에서 깨어나려고 버둥거린다.

알은 곧 세계이다.

태어나려고 하는 자는 하나의 세계를 파괴해야만 한다.

새는 신을 향해 날아간다.

신의 이름은 아브락사스다.

자정이 가까운 시간, 언제 잠이 들었는지 모르게 잠이 든 나
는 뭔가 이상한 기운에 눈을 떴다. 누군가 곁에 앉아 나를 내려
다보고 있었다. 나는 흐릿한 시야로도 실루엣의 주인이 마리인
것을 단번에 알 수 있었다. 그럼, 그렇지! 더 이상 말이 필요 없

었다. 두 손을 뻗어 마리를 끌어당겼다. 마리도 아무런 저항 없이 내 품으로 안겨 들었다.

모로 누워 마리에게 몸을 밀착시킨 나는 마리의 두 눈을 들여다보았다. 처음엔 빨려 들어갈 것 같아 시선을 피하던 눈이었다. 그 매력적인 눈이 이제는 오로지 나를 향해 활짝 열려 있었다. 나는 감격에 겨워 마리의 그 두 눈에 키스를 했다. 그리고 이마에, 두 뺨에, 입술에 차례로 키스를 했다. 잠시 뒤 한 손을 마리가 입고 있는 헐렁한 셔츠 안으로 집어넣었다. 그러자 마리가 갑자기 자신의 봉긋한 젖가슴 위에 놓인 나의 손을 잡고 아주 작은 소리로 속삭였다.

"나, 처음이야."

기분이 묘했다. 그동안 몇몇 여자와 섹스를 했지만 처음인 여자는 그야말로 처음이었다. 그래서 마리가 부담이 있었고, 의식을 치르듯 섹스를 하려 했었다는 생각이 들었다.

나는 천천히 부드럽게 마리를 만졌다. 마리는 숨을 죽이고 내 손길을 받아들었다. 나는 마리가 놀라지 않도록 조심스럽게 마리의 몸 안으로 들어갔다. 그러자 그녀가 사랑해, 하고 내 귀에 대고 속삭였다. 나는 그것 역시 마리가 스스로에게 주문을 거는 일종의 의식같이 느껴졌다. 사랑하는 사람과의 섹스는 자연스러운 거야, 그러니 두려워할 것 없어, 하고. 그래야 후회가 없을 테니까. 어쨌든 사랑의 힘은 사랑해, 라는 말을 절로 외치게 하는 힘이 있는 것 같았다. 내 입에서도 마리를 향해 사랑해, 라는 말이 거침없이 흘러나왔다. 사랑해. 내가 벗겨낸 마리의 헐렁한 셔츠가 오렌지 주스 잔 위로 떨어져 노랗게 물드는 것도 모르고 나는 중얼거렸다. 사랑해, 사랑해, 사랑해.

마리는 싱크대 앞에 서서 오렌지 주스가 묻은 셔츠를 빨았다. 그 뒷모습을 보고 있자 이런저런 많은 생각이 떠올랐다. 무엇보다 내가 성공해야 할 이유가 하나 더 추가된 것 같았다. 나는 별생각 없이 이렇게 중얼거렸다.

"너를 행복하게 해주고 싶은데……."

마리가 고개를 돌려 말없이 나를 바라보았다. 나는 그녀가 뭔가 오해를 할 수도 있겠구나, 여겨져 재빨리 다시 말했다.

"다른 뜻은 없어. 마리를 행복하게 해주고 싶은데 지금은 내가 가진 게 너무 없어서."

마리가 다시 손으로 셔츠를 비비며 말했다.

"같이 있는 것만으로도 나는 행복해."

만약 다른 여자가 그런 말을 했다면 나는 믿지 않았을 것이다. 그러나 나는 마리의 그 말이 진심으로 느껴졌고, 그래서 마리가 더욱 좋아졌다. 침대에서 일어나 마리에게 다가갔다.

그때, 그녀가 장난을 쳤다. 셔츠를 펼쳐 들고 돌아서서 벌거벗은 내 몸 위로 물기를 털기 시작했다. 나는 젖은 셔츠와 함께 그녀를 싸안고 벽으로 밀어붙였다. 그녀의 장난에 답하듯 그녀의 온 얼굴을 혀로 핥았다. 그녀가 간지럽다고 깔깔깔 웃으며 얼굴을 내흔들었다. 하지만 내가 그녀의 입술을 헤치고 혀를 빨기 시작하자 몸에서 힘을 빼고 내 어깨 위로 팔을 둘렀다. 젖은 셔츠가 그녀의 볼록한 젖가슴과 내 가슴 사이에 끼어 있었다. 나는 그것을 탁자 위로 던지고, 그녀가 입고 있는 내 티셔츠를 벗기고, 또다시 팬티마저 벗겨냈다.

처음과 달리 마리는 알몸으로 있는 것을 부끄러워하지 않았다. 나 역시 처음과 달리 그녀의 알몸을 낱낱이 살피고 어루만지며 그녀와의 열정적인 섹스에 빠져드는 것을 주저하지 않았다. 어느 순간, 내가 터질 것 같은 성기를 그녀의 몸 안으로 밀어 넣자 그녀는 발뒤꿈치를 들고 흡반이 달린 연체동물처럼 나에게 달라붙었다. 나는 미칠 것 같았다. 완벽한 일체감이 느껴졌다. 정말로 사랑하는 사람과의 섹스가 이런 것이구나, 하고 감탄을 하며 그녀 속으로 더욱 깊이 들어갔다. 내가 격렬하게 몸을 움직이기 시작하자 그녀가 다시 중얼거렸다. 사랑해, 사랑해, 사랑해. 나는 그것이 마법을 거는 주술처럼 들렸다. 야릇한 신음과 함께 들려오는 그녀의 말소리를 들으며 점점 더 흥분 상태로 빠져들었다. 마침내 걷잡을 수 없는 절정에 치달아 사정을 한 뒤, 더할 수 없이 만족한 표정으로 나를 올려다보고 있는 그녀의 얼굴을 어루만졌다. 그리고 미소를 지으며 속삭였다. 나도 사랑해.

S# 3, 태어나려고 하는 자는
하나의 세계를 파괴해야만 한다

최일주는 어느 날 카페에서 사라져버렸다. 내가 매니저를 달고 두 달 정도 지났을 때였다. 점심 시간에 부장님이 얘기 좀 하자고 데리고 나갔는데 그 길로 끝이었다. 부장님은 혼자만 돌아와 라커룸에 남아 있는 최일주의 소지품을 꺼내 쓰레기통에 던져버렸다. 나는 속이 후련했지만 한편으론 장과 부장님이 비정하다는 생각도 들었다. 어찌 되었건 곁에 있던 사람을 단칼에 잘라낸다는 것은 두 가지로 해석할 수 있었다. 비정한 세계의 철저한 프로이거나 오히려 지레 겁을 먹었거나. 아무리 봐도 장과 부장님은 겁을 먹을 사람들 같지 않았다.

마리도 나와 같은 느낌이었는지 내 팔을 잡으며 말했다.

"요즘엔 덜했는데 마음이 좀 그러네."

한동안 전화 스토킹이 없었다는 거였다. 나는 다른 직원들의 시선을 의식해 말을 놓지 않고 대꾸했다. 그러자 마리도 센스 있게 알아듣고 존대를 했다.

"마리 씨, 그래도 조심하세요. 밤에는 코드 뽑아놓으시고요."

"집으로 찾아올까 봐 그러지 않았는데, 이제는 그래야겠어요."

"전화 스토커들의 특징이 숨어서 하는 거잖아요."

"아직 한 번도 대놓고 나타나지 않은 걸 보면 그런 거 같기는 해요. 그런데 속이 후련할 줄 알았는데 더 불안한 건 뭔지 모르겠어요."

"마리 씨, 혹시나 해서 하는 말인데, 집으로 찾아오면 절대 문 열지 말고 저한테 전화하세요. 가까우니까 금방 달려갈 수 있을 거예요."

그렇게 나와 마리가 이야기를 나누고 있자 부장님이 빙그레 웃으며 농담을 했다.

"왜, 괴롭히는 사람이 없어지니까 심심해?"

정말이지 최일주가 사라진 카페 분위기는 평온하다 못해 심심하기까지 했다. 그러나 나는 이런저런 생각이 많았다. 하루라도 빨리 모델스쿨이나 연기학원에 복귀해야 한다는 조바심도 났고, 무엇보다 그 전에 카페 매출을 올리고 싶었다. 그것은 장이나 부장님의 기대를 저버리지 않으려는 심리도 작용했지만 나 자신과의 싸움이었다. 그렇듯 나는 스스로를 그 정도는 해낼 수 있는 사람이라고 믿고 있었다. 그래야만 성공할 수 있는 사람이라는 생각이 강했다. 아무튼 나는 현재 카페의 메뉴로는 새벽 장사를 해도 그리 큰돈이 될 것 같지 않았다. 부장님은 몇 가지 단품을 추가하면서 천천히 이뤄나가면 된다고 했지만 나는 그것이 너무 안이한 생각 같았다. 단기간에 대박이 날 뭔가가 분명히 있을 것 같았고, 그 뭔가를 찾으려고 온 신경을 집중했다. 그러던 어느 날, 마리를 데려다주고 돌아오는 길에 아이디어 하나가 떠올랐다.

새벽 4시, 거리에는 보보스크롤에서 마지막으로 쏟아져 나온 사람들이 북적이고 있었다. 몇몇이 짝을 지어 어디론가 몰려가는 사람들, 주차요원에게 맡긴 자동차 키를 먼저 받기 위해 번호표를 흔들어대는 사람들, 함께 온 일행의 부축을 받으며 간신히 발걸음을 떼어놓는 사람들, 자동차 경적 소리도 아랑곳없이 도로 위에 빙 둘러서서 구호를 외치는 사람들, 그리고 흥에 겨워 아직도 몸을 흔드는 사람들. 나는 그들을 바라보며 또한 예전에 내가 그들 속에 섞여 있었을 때의 상태를 기억해보며 눈을 반짝이기 시작했다. 그리고 다음 날 부장님의 조언을 참고로 카페의 메인 메뉴를 개발했다.

그 뒤, 보름도 되지 않아 손님들이 밀려들었다. 손님들은 메뉴판은 들여다보지도 않고 한결같이 '化풀이'를 주문했다. '化풀이'란 내가 개발한 세트메뉴에 마리가 장난스럽게 붙인 이름이었다. 별다른 뜻은 없었다. 나이트클럽에서 나온 사람들의 '열기를 풀어준다'는 의미로 재미 삼아 붙인 것이었다. 그런데 손님들이 카페로 들어와서 하나둘 농담을 하기 시작했다. 처음엔 화풀이? 화풀이가 뭐야? 하고 호기심을 나타내던 손님들이 다시 찾아올 때는 '화풀이나 하고 가야겠다!' 하고 농담을 했다. 그런 사람들의 반응에 나와 마리는 피곤한 줄도 모르고 테이블 사이를 신나게 누비고 다녔다.

기본 반찬에 속이 타들어갈 듯 매운 해물볶음 요리와 부장님이 숙취에 좋은 한방 재료 다섯 가지를 넣어 그만의 비법으로 만들어낸 들깨해장국에 담백한 버섯죽, 그렇게 세 가지 요리에 소주 한 병이 곁들여져 묶인 화풀이 세트메뉴는 술이 당기기도 하면서 속을 풀고 싶어 하는 새벽 손님들의 양쪽 심리를 다 충족시켰다. 뿐만 아니라 특별히 '化풀이'만을 위해 주문 제작한 식기를 사용하기 시작하면서 일손도 줄어들었고, 카페의 고급스러운 분위기를 해칠 수 있다는 우려감도 말끔히 해소되었다. 장은 카페에서 소주를 파니까 포장마차로 변한 것 같다고 투덜거리면서도 웃음을 잃지 않았다. 왜냐하면 소주는 세트메뉴에만 제공되었기에 '化풀이'를 먹고 나서 술을 더 마시고자 하는 사람들은 원래 카페의 메뉴 중에서 추가하여 주문해야만 했다.

나와 마리는 주로 밤에 일했다. 처음엔 낮과 밤을 바꿔 생활하는 것이 힘들었지만 곧 익숙해졌다. 장은 카페의 하루 일과 시간을 손익계산을 따져 차츰 합리적으로 조정했다. 주로 매상이 많이 오르는 밤 장사에 치중했다. 또한 이 층은 단체 손님에게만 오픈했고, 이 층에서 삼 층으로 올라가는 계단 중간층 외벽의 폐쇄시켰던 문을 트고 번호키를 달아놓았다. 번호키를 누르면 카페를 통과하지 않고 외부에서 비상계단을 이용해 직접 드나들 수 있게 해놓은 것이었다. 덕분에 나는 언제든지 자유롭게 내 방을 드나들 수 있었다. 마리 역시 사람들 눈에 띄지 않게 내 방으로 오곤 했다.

사실, 장이 문을 터놓은 이유는 따로 있었다. 나는 서너 달 뒤 그 이유를 알게 되었다. 또한 장이 왜 그토록 최일주가 경찰에 연루되는 걸 막았는지도 알게 되었고, 박 실장의 실체도 알게 되었다. 그날은 하루 종일 가을비가 내렸다. 그래서 평소보다 손님이 많지 않았다. 평소엔 정신없이 음식을 만드느라 교대하는 직원들이 인사를 해도 말 한마디 건네지 못할 정도로 바빴던 부장님이 하품을 하며 "이런 날은 파전에 막걸리가 딱이지!" 하고 농담을 할 정도였다. 나는 추적추적 비가 내리는 거리를 내다보며 간간이 길 건너편 보보스크롤에 손님이 얼마나 드는지 살펴보고 있었다. 보보스크롤이 복작거려야 카페도 매상이 올랐다.

어쨌든 그날 저녁, 낮 근무를 하고 퇴근을 한 장이 다시 카페 문을 열고 들어왔다. 그러곤 부장님과 잠시 속닥거리더니 나에게 다가와 말했다.

"오늘 영업은 여기까지만 하고 접어야겠다. 더 이상 손님 받지 마라."

나는 무슨 큰 사건이 생긴 줄 알고 깜짝 놀라 되물었다.

"네? 지금요? 무슨 일인데요? 최일주 씨가 사고라도 쳤어
요?"

나의 놀란 표정에 장이 크게 웃으며 대꾸했다.

"그게 아니고 중요한 손님을 모시기로 했어."

"누가 카페를 빌렸어요?"

"그런 셈이지, 뭐."

"그러면 이 층만 빌려주시죠? 일부러 찾아오는 단골손님도
많은데."

"그들이 다른 사람이 있는 걸 꺼려해서 그건 곤란할 거 같아.
그냥 정리하자."

나는 많은 것이 궁금했지만 장에게서 긴장감이 느껴져 더 이
상 물어보지 않았다. 또한 그가 그러기를 원하는 것 같았다.

"아무튼 다 퇴근시키고, 밤 근무자들에게도 오지 말라고 연
락하고. 여기 손님들 빠져나가면 기연이도 일단 올라가 쉬어
라."

"저도요? 형 혼자서 괜찮으시겠어요?"

"걱정하지 말고 올라가 있어."

"네. 혹시 일손이 필요하시면 언제든지 부르세요."

"그래, 알았어. 그렇게 하자."

다른 사람이 있는 걸 꺼려하는 사람들이라면 삼 층에서도 불빛이 새어 나가지 않는 게 좋을 것 같았다. 블라인드와 커튼이 이중으로 드리워져 있는 어두운 방. 전등을 켜지 않은 채, 나는 침대에 앉아 생각했다. 누가 오기에 장이 그토록 긴장을 하고 신경을 쓰는 걸까? 온갖 추측을 해보아도 감이 잡히지 않았다. 나는 침대에서 일어나 서둘러 세수를 하고 양치질을 했다. 더듬거리며 수건을 찾아 얼굴의 물기를 닦았다. 팬티만 남긴 채 재빨리 옷을 벗어 던졌다. 그리고 창가 오른쪽 끝으로 다가가 커튼 속으로 들어갔다. 손으로 블라인드의 눈높이 부분을 살짝 벌리고 밖을 내다보았다.

장이 밖에서 서성거리고 있었다. 그리고 얼마 뒤, 드디어 검은 벤츠 한 대가 카페 앞에 멈춰 섰다. 장이 재빨리 다가가 손수 자동차 문을 열었다. 차에서 남자 셋과 여자 하나가 내렸다. 숨을 죽이고 미동 없이 그들을 지켜보던 나는 흥분에 휩싸였다. 그들 중 한 명인, 사선으로 핀턱 주름이 진 튤립형 블랙 원피스를 입은 여자가 몇 해 전 국제영화제에서 연기상을 받은 여배우 '제이'였다. 또한 남자 셋 중 둘은, 이름이 알려진 국회의원 '조'와 텔레비전 토크쇼를 진행하고 있는 교수 출신의 방송인 '윤'이었다.

나머지 키 작은 한 명의 남자 역시 평범한 사람은 아닐 것이라는 생각을 하며 나는 그들의 움직임을 주시했다. 그들은 장과 눈인사조차 나누지 않고 후다닥 카페 안으로 들어갔다. 장은 말없이 그들이 타고 온 벤츠를 어디론가 끌고 가 주차를 시켜놓고 걸어서 돌아왔다. 그리고 아까처럼 또다시 카페 앞을 서성거렸다. 잠시 뒤, 한 대의 콜택시가 약속이라도 한 듯 장 바로 앞에 멈춰 섰다. 택시에서 남자 두 명이 내렸다. 나는 또다시 흥분했다. 그들 역시 미인대회나 스타 오디션 선발대회를 할 때면 어김없이 심사위원으로 등장하는 너무나 잘 알려진 사람들로 스타제조기라는 별명을 가지고 있었다. 하나는 연예기획사 사장 '정'이고, 하나는 남성복 슈트만 전문적으로 만드는 업체의 대표 겸 패션디자이너 '김'이었다. 그들도 벤츠를 타고 온 사람들처럼 급히 카페 안으로 뛰어드는 것을 보며 나는 뭔가 심상치 않은 기운을 감지했다. 건물 밖으로 밀려나오는 불빛을 통해 카페 일 층의 불이 꺼지고 대신 이 층의 불이 켜진 것을 확인한 뒤에도 나는 한동안 흥분을 가라앉히지 못하고 그대로 서 있었다.

보보스크롤의 화려한 네온사인을 응시하던 나는 고개를 들어 하늘을 올려다보았다. 별이 보이지 않았다. 구름이 끼었는지 달도 보이지 않았다. 어디선가 비치는 한 줄기 인공적인 불빛만 규칙적으로 원을 그리며 나타났다 사라지기를 반복했다. 나는 커튼 속에서 빠져나와 한동안 방 안을 서성거렸다. 그리고 침대 위로 누워 가슴에 손을 얹고 심호흡을 했다. 진정해, 진정해 하고 스스로에게 속삭였다.

나를 이토록 흥분하게 하는 게 단순히 유명한 사람들을 봤기 때문만은 아니었다. 나는 그들을 보는 순간 머릿속으로 엄청난 시나리오를 구상하고 있었던 것이다. 그것은 내 마음속에서 요동을 치며 그럴듯한 이야기를 만들어냈다. 톱스타 누구는 카페에서 일을 하다가 '정'에게 픽업되어 하루아침에 인생이 바뀌었다, 톱모델 누구는 '김'의 피팅모델 아르바이트를 갔다가 눈에 띄어 그길로 데뷔 무대를 선 뒤로 일 년 만에 가장 핫한 연예인이 되었다는 식의 이야기. 나는 점점 더 흥분하여 얼굴이 달아오르고 심장이 두근거렸다.

그러니 잠이 올 리가 없었다. 아니 가만히 앉아 있을 수도 없었다. 장이 나를 불러만 준다면 절호의 기회를 잡을 수 있을 것 같았고, 일단 이 층에 있는 기획사 사장 정과 패션디자이너 김의 앞에만 서주게 한다면 그들의 마음을 사로잡을 자신도 있었다.

나는 욕실 안에만 전등을 켜고 들어가 문을 꼭 닫았다. 샤워를 하고, 면도를 한 뒤 로션과 비비크림을 섞어 얼굴에 발랐다. 왁스로 정갈하게 앞머리를 넘기고 스프레이를 뿌려 머리를 매만졌다. 이리저리 얼굴을 돌려가며 거울을 본 뒤 이제 됐다, 싶을 때 욕실을 나왔다. 욕실의 불빛을 이용해 연회색 리넨 셔츠를 찾아 입고 한창 유행하는 버건디 8.5부 슬랙스를 입은 뒤, 김의 업체에서 나온 갈색 구두를 들고 다시 욕실로 들어갔다. 구두까지 신고 거울 앞에 선 내 모습이 무척 만족스러웠다.

이제 어떤 방법이 있어야 했다. 구두를 현관에 가지런히 놓고, 옷을 벗어 금방이라도 입을 수 있게 의자에 잘 걸쳐놓았다. 머리 모양이 망가지지 않도록 팔베개를 하고 비스듬히 누워 이 런저런 궁리를 했다. 장이 불러준다면 더 바랄 게 없었다. 그게 아니라면 속마음이 드러나지 않도록 뭔가 일을 꾸며야 했다. 그런데 정말로 행운이 따랐다. 그렇게 노심초사 숨을 죽이고 귀를 기울이고 있는데 누군가 층계를 올라오는 소리가 나며 잠 시 뒤 문밖에서 장의 목소리가 들려왔던 것이다.

"기연아, 자니?"

층계를 올라오는 소리에 이미 몸을 일으키고 앉아 있던 나는 즉시 네, 하고 대답했다. 그리고 얼핏, 내 입에서 튀어나온 대답 이 잠을 자고 있다는 뜻의 네, 하는 소리가 되어버렸다는 생각 을 하며 방문을 열었다. 장이 옷을 벗고 팬티만 걸치고 있는 나 를 보고 말했다. 장은 분명 긴장하고 있었지만 짐짓 나에게 농 담을 던지며 말을 걸었다.

"야, 너 몸 좋네! 자는데 깨웠니?"

"아니에요. 혹시나 부르실까 봐 준비하고 있었어요."

"그래? 잘됐네. 운전 좀 해야겠다."

내가 옷을 입는 동안 장은 방문을 열고 서서 사정을 설명했다. 원래 자신이 다녀와야 하는데 아주 중요한 손님이 카페로 오고 있다고, 어쩔 수 없게 되었다고. 나는 장에게 아무것도 묻지 않았다. 마음속으로만 내가 운전을 해줘야 할 사람이 김이나 정이기를 간절히 원했다. 준비를 마치고 방을 나서자 장이 말했다.

"이지민 대표 차야."

나는 샤워를 하는 사이에 이지민이 온 모양이라고 여기며 장에게 아무것도 묻지 않았다. 이지민이라면 건너편 나이트클럽 보보스크롤의 주인이고, 무엇보다 릴리스의 대표이며 최고의 패션디자이너였다. 김이나 정과 다를 바가 없는 사람이었다. 그녀의 힘이라면 얼마든지 내가 처한 상황을 떨쳐버릴 수 있고, 내 꿈을 실현시켜 행복한 미래를 얻을 수 있을 터였다.

장과 함께 일 층으로 내려오자 그곳에 화려한 분위기의 여배우 제이와 긴 소매의 라운드넥 라펠칼라에 하얀색 롱 플레어 스커트를 입은 이지민이 이야기를 나누고 있었다. 이지민은 텔레비전 화면으로 보는 것보다 훨씬 더 매력적이었다. 한마디로 단아한 아름다움이 있었다. 그녀는 장이 뭐라고 귓속말을 하자 나를 쳐다보며 고개를 끄덕였다. 나는 생각했다. 이 기회를 절대로 놓치면 안 된다고.

밖으로 나가자 보보스크롤 주차요원이 벤츠 운전석에서 내리며 나에게 키를 건네주었다. 그리고 이지민에게 고개를 숙여 인사를 한 뒤 무단횡단을 하여 보보스크롤로 돌아갔다. 두 여자를 먼저 벤츠 뒷좌석으로 태운 장은 나에게 나지막이 속삭였다.

"겸손하게, 잘해."

나는 장이 무슨 말을 하는지 알 것 같았다. 왠지 가슴이 두근거렸다. 하지만 차분하게 장에게 말했다.

"네, 걱정하지 마세요. 그런데 어디로 모셔다 드리죠?"

장이 주소가 적힌 메모지를 내밀며 말했다.

"청담동 들렀다가 동부이촌동."

내가 운전석에 앉아 안전벨트를 매자 장이 자동차 뒷문을 열고 이지민을 향해 말했다.

"국장님께는 직접 전화를 하시는 게 좋을 것 같아요."

세 사람이 몇 마디 작별인사를 주고받는 동안 나는 내비게이션을 찍었다. 장이 자동차 문을 닫자 자동차를 부드럽게 출발

시켰다. 곧바로 방향등을 켜고 주변을 살피며 유턴을 했다.

　나는 백미러를 통해 한 번씩 뒷좌석을 살폈다. 그러다 어느 순간, 이지민이 나를 살피고 있는 걸 알 수 있었다. 청담동 제이의 집 앞에 도착할 때까지 나는 서너 번쯤 백미러를 통해 이지민과 눈이 마주쳤다. 기분이 묘했다. 이지민은 나이를 가늠할 수 없는 얼굴이었다. 경력으로 어림잡아 서른 후반은 되었을 제이가 이지민에게 언니라고 불렀지만 오히려 동생 같았다. 단아하면서도 어딘가 이상한 에너지가 느껴지는 그녀가 여배우 제이보다 훨씬 더 매혹적이었다.

　여배우 제이가 내리자 차 안에는 분명 이상한 공기가 흐르기 시작했다. 나는 이지민이 나에게 호감을 느끼고 있다는 걸 알 수 있었다. 같은 나이 또래라면 나에게 반했구나, 하고 오해를 할 만큼. 나 역시 그녀에게 호감이 없는 건 아니었다. 그러나 그건 성공을 하여 부와 명예를 거머쥔, 게다가 예쁘기까지 한 이성에게 생물학적으로 끌리는 찬사 같은 거였다. 이를테면, 멋진 여자를 보면 누구나 가질 수 있는 우성(優性)을 향한 본능적 열망. 그러니 내가 마리에게 느끼는 '오직 너!'라는 감정과는

엄연히 달랐다.

큰길로 나오자 이지민이 어딘가에 전화를 걸었다.

"국장님, 저 다이애나예요. 일이 있어서 먼저 나왔어요. 그렇
잖아도 장 대표가 걱정을 하기에 직접 전화 드렸어요. 네, 저도
국장님이 많이 보고 싶지요. 아아, 물론이죠. 네, 그럼 그날 다
시 뵙겠습니다."

이지민을 다이애나라고 부르는구나, 하고 여기며 나는 시각
을 확인했다.

평소라면 마리와 함께 있을 시간인데도 마리 생각이 나지 않
는 걸 보면 내가 무언가에 마음을 빼앗긴 것 같기는 했다. 음악
이라도 들으면 좋으련만, 나는 백미러로 이지민을 살폈다. 그
때 또다시 눈길이 마주쳤다. 아니 이번에는 그녀가 내가 쳐다
보는 것을 알고 일부러 눈을 맞추며 "왜?" 하고 입모양으로 물
었다. 느닷없는 그녀의 반응에 놀라 나는 얼른 고개를 돌렸다.
그러자 그녀가 아주 대놓고 물었다.

"왜 자꾸 쳐다봐요?"

나는 둘러댔다. 손발이 오글거렸지만 일부러 그녀가 좋아할

대답을 골라서 했다.

"죄송합니다. 너무 아름다우셔서요."

"그래요? 나는 기연 씨가 너무 매력 있게 생겨서 자꾸 쳐다 봤는데."

나는 가슴이 떨려서 금방 대꾸를 하지 못했다. 그녀가 다시 말했다.

"모델 지망생이라고요?"

"네."

"내 무대에 서볼래요?"

"네?"

그건 나에게 있어 모델로의 정식 데뷔를 뜻했다. 나는 너무 기뻐서 숨이 멎는 것 같았다. 그러나 이지민이 이런 식으로 훅, 하고 들어올 줄은 몰랐다. 그녀는 대화에 단계가 없었다. 익숙하지 않은 그녀의 파탈적인 화법에 나는 또다시 대꾸를 하지 못했다. 겸손하게 잘하라는 장의 말이 떠올랐고, 이번 대답 하나에 내 인생이 달렸다는 생각이 들었다. 그렇다면 이번에도 역시 솔직한 게 정답이었다.

"그렇게만 된다면 제 인생 최고의 선물이라고 여기고, 그 은

혜 평생 잊지 않겠습니다."

내가 말을 해놓고도 웃음이 나왔다. 너무 진부한 표현이었다. 그러나 나를 순정이 있는 사람으로 느낄 수 있는 적절한 대답이기도 했다.

역시 그녀가 귀엽다는 듯 깔깔깔 큰 소리로 웃었다. 그러곤 또다시 파탈적인 화법으로 엉뚱한 말을 했다.

"잠깐 차 좀 세워줄래요?"

나는 비상등을 켜고 시키는 대로 했다. 그러자 그녀가 차에서 내리더니 앞자리로 옮겨 탔다. 나는 기분이 묘했다. 하지만 그녀는 막상 내 옆자리에 앉자 아무런 말도 하지 않았다. 그윽한 미소를 짓고 행복한 표정으로 앉아 있기만 했다. 뭔가 지나간 추억을 더듬는 것 같기도 했고, 사랑에 빠진 사람 같기도 했다. 나는 숨을 죽이고 긴장한 채 조심스럽게 차를 몰았다. 강변도로에는 자동차가 거의 없었다.

차 안은 너무나 조용했다. 내 숨소리가 신경이 쓰일 정도였다. 뭔가 아슬아슬하고 은밀한 기운과 그녀에게서 맡아지는 향수 냄새에 마음이 설레었다. 어지럽기까지 했다. 아니 솔직히 말해 그녀에게 점점 더 마음이 쏠렸고, 마리에게서 느끼는 감정과 다른 야릇한 기운에 빠져들었다. 그러면서 차츰 나 스스로도 이해할 수 없는 욕구가 일었다.

나는 창문을 열고 싶은 걸 억지로 참으며 속력을 높였다. 그녀가 비죽이 솟아오른 나의 바지춤을 보면 어쩌나, 점점 그녀를 쳐다볼 엄두도 내지 못한 채 앞만 보고 달렸다. 그리고 어느 순간, 말로 표현할 수 없는 전율을 느끼며 헉, 참았던 숨을 몰아쉬었다. 이럴 수가! 내 옆모습을 빤히 쳐다보고 있던 그녀가 갑자기 손을 올려 나의 오른쪽 뺨을 부드럽게 쓸어내린 뒤, 촉촉한 입술을 갖다 댄 것이었다. 무척 포근하고 부드러웠다.

얼떨결에 내비게이션의 안내에 따라 연예인들이 많이 산다는 한 아파트 주차장에 파킹을 한 나는 잠시 눈을 감고 앉아 있었다. 그렇게 떨리는 가슴을 진정시켜야 했다. 어떻게 운전을 하고 왔는지 모를 정도로 정신이 없었다. 고마워요, 하는 그녀의 말을 듣고 나서야 내가 해야 할 일을 떠올리고 얼른 자동차에서 내렸다. 그러곤 그녀 쪽 문을 열고 서 있었다.

그 순간 너무나 많은 생각들이 머릿속을 스치고 지나갔다.

심지어 그녀가 자신의 집으로 함께 들어가자고 하면 거절할 수 없을 거라는 생각까지 했다. 아니, 솔직히 말해 은근히 그랬으면 하는 기대감도 없지 않았다. 그런데 그녀는 뭐가 그리 재미있는지 또다시 깔깔깔 소리 내어 웃었다. 운전석으로 걸이가 자동차에 꽂혀 있는 키를 돌려 손수 시동을 끈 뒤 그것을 빼어들고 나를 향해 흔들었다. 아차, 내 입에서도 절로 멋쩍은 웃음이 터져 나왔다.

하지만 잠시 뒤, 그녀는 전혀 다른 모습으로 돌변해 나를 대했다. 나의 뺨을 만진 적도, 나와 마주 보고 웃은 적도 없는 사람처럼 굴었다. 나와 시선을 마주치지도 않은 채 눈을 내리깔고 수고하셨어요, 하고 딱 한마디를 내뱉곤 아무 일도 없었던 것처럼 돌아섰다. 그러곤 총총히 아파트 건물 안으로 사라져버렸다. 이 또한 말이 없는 파탈적인 화법이 아닐 수 없었다. 나는 잠시 어쩔 줄을 모르고 서 있다가 피식, 웃음을 터뜨리고 말았다. 발길을 돌리며 생각했다. 내가 너무 바보같이 순진하게 굴었다고, 그래서 기회를 놓친 거라고.

데미안으로 돌아온 나는 한동안 멍하니 앉아 있었다. 마리에게 전화가 왔지만 받지 않았다. 눈치 빠른 마리가 이상한 낌새를 느낄 것 같았다. 나는 시간이 흐를수록 어처구니없는 웃음이 나왔다. 일 층으로 내려오던 장이 그런 나의 모습에 알 수 없는 미소를 지으며 물었다.

"잘 모셔다 드렸지? 그런데 뭐 좋은 일이라도 있어?"

그러나 장은 내 대답을 듣기도 전에 곧장 주방으로 갔다. 나는 장을 따라 주방으로 들어가며 대답했다.

"이지민이란 분이 조금 독특한 사람인 거 같아서요."

장이 잠시 고개를 돌리고 두 가지를 한꺼번에 말했다.

"거기 냉장고에서 빵 좀 꺼내줄래? 왜 다이애나와 무슨 일이 있었어?"

나는 장에게 식빵을 건네주며 말했다.

"아니, 꼭 그런 건 아니고…… . 도마도 드릴까요?"

장이 식빵 하나를 꺼내 도마 위에다 놓고 식빵 가장자리를 칼로 잘라내 보이며 말했다.

"이 빵 다 이렇게 좀 해줘. 그런데 다이애나가 아무 말도 안 해?"

"나는 장과 달리 식빵을 한꺼번에 여러 개 겹쳐놓고 가장자리를 잘라내며 대답했다.

"무대에 서보겠느냐고 묻긴 했어요. 그런데 그냥 하는 소리 같아요."

"그랬이? 그냥 하는 소리는 아닐 거야. 어지간히 맘에 들었나 보다. 기연이 네가 딱 다이애나 스타일이거든."

"그냥 하는 소리일 거예요. 나중엔 눈도 마주치지 않고 가버렸는데요?"

"그게 다이애나야. 사람을 쥐락펴락하지."

"그런 거 같아서 저도 묻는 말에 솔직하게 대답했어요."

"잘했어. 곧 연락 올 거다. 기다려봐. 지금은 바쁘니까 우리 나중에 얘기하자."

나는 장이 만든 음식이 너무나 간단한 것에 놀랐다. 이지민까지 전화를 걸어 아양을 떨 정도의 중요한 손님에게 식빵에 물풀 같은 소스를 바른 음식이 전부라니, 이해할 수 없었다. 게다가 장은 바쁘게 손을 놀리면서도 나에게 말했다.

"그만 올라가서 자."

나는 어차피 잠이 올 것 같지 않아 장에게 말했다.

"심부름이라도 할게요."

장이 잠시 뭔가를 골똘히 생각하더니 결심한 듯한 표정으로 물었다.

"그럼, 그렇게 할래?"

나는 장의 손에 들려 있던 쟁반을 받아 들고 그와 함께 이 층으로 올라갔다. 호기심에 휩싸여 장을 따라 룸 안으로 들어갔다. 룸 안에는 내가 커튼 뒤에 숨어서 지켜봤던 유명인사들과 희끗희끗한 머리카락을 뒤로 빗어 넘긴 국장이라는 사람이 함께 어울려 있었다. 모두 여섯 명이었다. 그들은 포커를 치느라 정신이 없었다. 둥근 테이블 위에 판돈으로 올려져 있는 오만 원짜리 지폐 뭉치에 시선이 멈춘 나는 깜짝 놀랐다. 대충 따져도 한 판에 수백이 왔다 갔다 하는 억대 도박판이었다. 나는 그런 풍경을 보는 것만으로도 덜컥 겁이 났다. 장난이 아니라는 생각을 하며 조심스럽게 장의 지시를 따랐다. 입구의 작은 탁자에 쟁반을 내려놓은 뒤, 술잔이 놓여 있는 또 다른 테이블 위로 식빵이 든 접시를 올려놓았다. 그때, 방송인 윤이 식빵을 하나 집어 들고 나를 쳐다보며 장을 향해 물었다.

"이 잘생긴 청년은 누군가?"

장이 공손하게 대답했다.

"우리 데미안 매니저예요. 많이 예뻐해주세요."

"하긴, 먼저 그 친구는 관상이 안 좋았어."

그때였다. 평범한 사람은 아닐 것 같았던 키 작은 남자가 껄껄 웃으며 넉살 좋게 말했다.

"그렇잖아도 지난번에 국장님께서도 그런 말씀을 하셔서 제가 그만두게 했어요."

나는 그의 얼굴을 찬찬히 살펴보았다. 눈이 쭉 찢어져 올라간 게 최일주와 닮은 데가 있었다. 나는 그가 박 실장임을 알 수 있었다. 어쨌든 그의 입에서 '국장님'이라는 말이 나오자 국장이라는 사람이 고개를 들어 나를 쳐다보았다. 나는 머리를 숙여 깍듯이 인사를 했다. 그러자 국장이라는 사람이 자신 앞에 놓인 카드를 집어 들며 말했다.

"아주 잘생겼네. 몇 살인가?"

"스물다섯입니다."

"스물다섯에 매니저를 달았으면 똑똑한 친구인 모양이야. 이름은 뭔가?"

"차기연입니다."

"차기연? 이름도 좋네. 그래 우리 잘 지내보자고. 허! 이 친구, 정말 잘생겼네."

국장이 거듭 나에게 잘생겼다는 말을 하자 정신없이 카드를 들여다보고 있던 나머지 사람들도 하나둘 고개를 들어 나를 쳐다보았다. 나는 또다시 꾸벅꾸벅 인사를 했다. 그러자 장이 끼어들어 나를 치켜세웠다. 친동생이나 마찬가지다, 아직 세상물정은 잘 모르지만 영리하고 예의 바르다, 하나를 가르치면 열을 안다, 카페의 화풀이 메뉴도 이 친구가 개발했다, 등등. 나에 대해 좋은 인상을 심어주려는 장이 조금 과하다는 생각이 들었지만 나는 고마웠다. 특히 스타제조기라고 불리는 연예기획사 정과 패션디자이너 김이 눈빛을 반짝이며 나를 살피자 세상을 다 얻은 것 같았다. 설사, 이지민에게 연락을 받지 못한다고 해도 얼마든지 길이 있을 것 같았다.

얼마 뒤, 접시 위의 식빵이 모두 사라지면서 장이 나에게 그것을 만들어 올 수 있겠느냐고 물었다. 나는 고개를 끄덕이고 주방으로 내려갔다. 먼저 식빵의 가장자리를 잘라낸 뒤, 소스가 들어 있는 병을 냉장고에서 꺼냈다. 뚜껑을 열고 남겨진 양을 확인했다. 그러면서 장이 소스를 만들 때 투명한 시럽에 하얀 밀가루 같은 것을 넣고 여러 번 저었다는 사실을 떠올렸다. 나는 버터나이프로 소스를 떠서 자세히 들여다보았다. 문득 하얀 밀가루 같은 것이 말로만 듣던 마약일지도 모른다는 생각이 들었다.

하지만 나는 부지런히 소스를 식빵 한쪽 면에 골고루 발라 반으로 접었다. 같은 식으로 열두 개를 만들어 접시 위에 차곡차곡 쌓았다. 그러나 나는 점점 커지는 의심을 떨쳐버리지 못하고 소스를 손가락으로 찍어 먹어보았다. 맛이 없었다. 들척지근하고 소독약 냄새가 나는 것 같기도 했다. 비위가 상한 나는 즉시 입안의 침을 모아 개수대로 뱉어버렸다. 수돗물을 틀어 여러 번 입안을 헹군 뒤 접시를 들고 주방을 나왔다.

룸을 노크하자 장이 문을 열고 접시를 받으며 어서 빨리 가서 물을 가져오라고 다시 심부름을 시켰다. 나는 층계를 뛰어내려가 생수 두 병을 가지고 왔다. 그리고 이미 탁자 위에 마련되어 있는 여섯 개의 물 잔에 그것을 따르기 시작했다. 그런데 여섯 개의 잔이 모두 채워지기도 전에 국장이 "물 달라니까!"

하고 외치며 손을 내밀었다. 뭔가, 나는 분위기가 험악해지는 것을 느꼈다. 장이 재빨리 그의 손에 물 잔을 들려주는 것을 보며 내가 주방에서 빵을 만드는 사이 무슨 일이 있었다는 것을 직감했다.

역시 국장이 의외의 행동을 보였다. 물에서 비린내가 난다며 장이 건네준 물 잔을 집어 던졌다. 처음에 나는 내가 무슨 잘못을 저지른 건 줄 알았다. 내가 정말로 비린내 나는 물을 가지고 온 거라고. 하지만 깨진 유리조각을 치우며 사태를 파악했다. 국장은 포커를 치는 방식으로 상납을 받으러 왔는데 그것이 뜻대로 안 된 것이었다. 무슨 사연인지, 다른 사람들은 모두 알아서 처신을 했는데 국회의원 조가 그런 묵계하에 돌아가고 있는 분위기를 무시하고 번번이 막판에 뒤집기를 한 것이었다.

내가 바닥을 말끔히 치우자 장이 능청스럽게 농담을 걸며 국회의원 조를 룸 밖으로 데리고 나갔다. 그리고 잠시 뒤 혼자만 돌아와 국회의원 조 대신 그의 돈으로 포커 판에 끼어들었다. 사람들은 국장의 눈치를 살피고 있다가 장이 조의 돈을 왕창 왕창 풀기 시작하며 분위기를 잡자 안도의 표정을 지었다. 다시 시작된 포커 판은 십여 분 만에 끝나버렸다. 의도적인 잃어주기였다. 특히 국장을 향해 돈을 몰아주는 장의 솜씨는 놀라웠다. 나는 국장이 거액의 현금을 챙겨 넣는 것을 보며 '더러운놈'이라는 생각을 했다. 하지만 따지고 보면 국장만 욕할 것도없었다. 징을 포함해 함께 있는 모든 사람들이 서로 수고받기를 하는 것일 터였다. 세상이 다 그랬다.

새벽 3시경 그들은 카페 출입문이 아닌 외부와 연결된 비상문을 통해 데미안을 떠났다. 모두가 돌아간 자리, 장과 나는 룸을 정리하는 동안 단 한마디의 대화도 나누지 않았다. 나는 많은 것이 궁금했지만 입을 꾹 다물었다. 장이 너무나 아무런 감각도, 감정도 없는 사람처럼 보여 말을 걸기가 쉽지 않았다. 그의 모습은 마치 영혼이 빠져나간 몸뚱이가 스적스적 움직이는것 같았다. 아무리 집어 던지고 두들겨 패도 눈 한 번 깜박이지않고 멀쩡한 표정을 짓고 있는 봉제인형이 연상되었다. 나는도무지 그의 속을 알 수 없어 무섭기까지 했다.

주방 청소까지 마친 장은 십이 년산 발렌타인을 따서 테이블위에 올려놓은 뒤, 커피스푼을 꽂은 옥수수 통조림과 위스키잔 두 개를 가져왔다. 나의 의사를 묻지도 않은 채, 두 개의 술잔 가득 술을 따라놓고 그중의 하나를 단숨에 비워버렸다. 그러고 나서야 드디어 입을 열었다.

"마시자."

그의 마시자, 하는 한마디 속엔 많은 감정이 혼재되어 있는 느낌이었다. 재빨리 술병을 들어 그의 빈 잔을 채운 나는 그때서야 내 앞에 놓인 잔을 들었다. 그러자 그가 다시 술잔을 단숨에 비우고 생각지도 않은 말을 꺼냈다.

"기연아, 넌 다이애나 잡고 가야 한다. 다른 새끼들은 더 더러워."

나는 고개를 끄덕이며 그의 말을 듣기만 했다.

"잘생기고, 예쁘고, 실력 있는 얘들은 아주 많아. 그런데 중요한 건 줄이거든. 그래서 내가 다이애나에게 네 얘기 했어. 사실은 아까 너한테 운전시킨 것도 다이애나가 널 한번 보자고 해서야. 다이애나도 우리 가게에 잘생긴 애가 있다는 소문을 들었다더라."

나는 그런 일이 있는 줄도 모르고 혼자 놀기를 한 거 같아 멋쩍었다. 이지민, 다이애나 그녀가 자꾸만 웃은 이유를 알 거 같았다. 하지만 그녀의 줄을 잡고 간다는 게 구체적으로 무엇을 의미하는 건지 궁금했다. 내가 알고 있는 게 맞는 이야기인지 확인하고 싶었다.

"제가 어떻게 해야 하는 건데요?"

위스키를 거듭 마셔 취기가 오른 장이 거침없이 말했다.

"정말 몰라서 물어? 오라면 오고, 가라면 가고, 기라면 기고, 누우라면 눕고, 빨라면 빨고, 시키는 대로 다 하는 거."

"그런 얘기는 많이 들었지만, 전부가 그렇다는 생각은 안 했어요."

"물론 전부는 아니지, 그런데 그것도 모르는 일이야."

장은 몇몇 톱스타들의 이름을 거론하며 그들이 모두 혼자 톱스타가 된 것이 아니라고 했다. 게이가 아니면서도 게이인 디자이너 김과 한집에서 살면서 데뷔를 한 거라고, 톱스타가 된 지금도 김이 부르면 만사를 제쳐놓고 달려간다고. 장은 이어서 말했다.

"그래도 다이애나가 낫다는 건, 그녀가 진심이 있어서야. 그녀는 아무나 안 키워. 자신이 첫눈에 반해서 실제로 사랑에 빠져야 움직여. 그런데 스타제조기라는 새끼들은 다 너희를 소모품 정도로 여기거든. 장난감이지, 가지고 놀다가 귀찮아지면 아예 망가트려서 쓰레기통으로 던져버리지. 말을 안 듣는 애들은 그냥 이 판에 발을 들여놓지 못하게 만들고. 그렇게 사라진 애들이 얼마나 많은지 알아? 마리도 그게 싫어서 꿈을 접은 거 아냐."

장의 입에서 내가 모르는 마리의 이야기가 거론되자 나는 깜짝 놀랐다.

"마리요?"

"그래, 마리. 지아이 박 실장이 캐스팅하려고 엄청 쫓아다녔어. 그런데 지아이가 조폭라인이라서 마리가 거절했거든. 박 실장이 열 받아서 마리를 많이 힘들게 했어."

"아하, 아까 그 박 실장이라는 사람이 지아이 캐스팅 담당 박 창석이었어요?"

"그래, 최일주 그 새끼 외삼촌이야. 마리가 그 두 인간 때문에 많이 힘들었지. 그 집안하고 무슨 악연인지 모르겠다."

만취한 장을 데려다주고 돌아와 대충 씻고 침대에 누웠다. 잠이 오지 않았다. 너무나 많은 일이 한꺼번에 일어나 하루가 한 달 같았다. 억지로 잠을 자려 하자 정신은 더 명료해졌다. 나는 차라리 침대에서 일어나 방 안의 커튼을 걷었다. 입고 있던 옷을 훌훌 벗어 던지고 욕실로 들어갔다. 차가운 물로 오랫동안 샤워를 했다. 그러면서 하루 사이에 일어난 일을 하나씩 떠올려보았다. 그리고 결국 한 가지 어쩔 수 없는 결론에 이르렀다. 지금의 나에겐 다이애나가 행운의 여신이다!

다이애나에게 곧 연락이 올 거라는 장의 말이 현실로 다가온 건, 그 보름 뒤 이상기온으로 거센 비바람이 세상을 종말적으로 뒤흔들던 날이었다. 밤새 내린 폭우로 보보스크롤이 영업을 하지 못한 날이기도 했다. 지하에 물이 들어차 건물 전체가 정전이 된 탓이었다. 당연히 데미안에도 손님이 거의 없었고, 정전 예고가 있었다. 영업 두 시간 만에 카페 문을 닫은 장은 종업원들에게 바닥 청소를 하라고 지시했다. 그리고 나에게 슬며시 손짓을 하며 삼 층 사무실로 올라갔다. 나는 마리에게 손가락으로 엑스 표시를 만들어 보인 뒤, 그를 따라 올라갔다. 오늘은 일이 생길 것 같으니 같이 있을 수 없겠다는 사인이었다.

장은 다이애나가 보낸 선물이라며 작은 상자 하나를 내밀었다. 상자 안에는 자동차 키 하나가 들어 있었다. 그것을 다이애나가 나에게 보냈다는 소리를 듣고 나는 깜짝 놀랐다.

"뭐예요?"

"뭘 뭐야? 다이애나가 주는 거지."

"그래도 이건 좀, 너무 과한 거 같아요."

"공짜겠어? 다이애나가 투자를 하는 거니 받아둬. 네가 성공하는 게 갚는 거야."

"정말 받아도 돼요?"

"이 녀석, 순진하긴……. 다이애나가 그만큼 널 가치 있게 본 게 아니겠어? 사실 정과 김에게서도 너를 캐스팅하고 싶다는 연락이 왔었어. 다이애나와 계약했다고 내가 말했다. 그치들은 상종할 인간들이 아냐. 네가 게이면 몰라도."

나는 아무 말도 하지 않았다. 잘 알고 있는 바였다. 그리고 성공을 하는 게 갚는 거라는 장의 말이 설득력 있게 다가와 자동차 키를 받아 들었다.

마감을 돕기 위해 삼 층에서 내려오며 나는 장에게 물었다.

"그런데 이지민 대표님을 왜 다이애나라고 불러요?"

"다이애나가 아마 그리스로마신화에 나오는 여신이라지? 나도 자세히는 모르겠어. 언젠가 국장님이 별명으로 지어준 건

데, 본인도 이지민보다 다이애나로 불리는 걸 더 좋아해. 이지
민 대표의 이미지와 잘 맞는 거 같지 않아?"

나는 장이 느끼고 있는 이지민의 이미지가 어떤 걸까, 하는
생각을 하며 충계를 내려갔다. 그러면서 휴대폰으로 '다이애
나'를 검색해보았다. 폴 앵카의 〈다이애나〉라는 노래와, 프랑
수아 부셰의 〈목욕 후 휴식하는 다이애나〉라는 그림이 눈에 띄
었다. 굳이 연결을 시키자면 이지민이 부셰의 그림 속 벌거벗
은 여인과 가깝지 않을까, 하는 생각이 들었다. 왜냐하면 이목
구비가 뚜렷하고 단아한 느낌을 주는 얼굴이 흡사했고, 무엇보
다도 프랑수아 부셰는 신화 속 여인들의 모습을 즐겨 그렸다는
데, 이지민도 신화 속의 여신 같은 이미지가 강했다.

자동차를 선물 받은 것에 대해 마리가 어떤 반응을 보일지
걱정이 되었다. 박 실장의 캐스팅을 거절한 마리라면, 나보다
더 이쪽의 생리를 잘 알고 있을 것이었다. 나는 마음이 불편했
다. 바로 지하 주차장으로 내려가 자동차를 보지 않았다. 마리
가 눈치채지 않도록 평소처럼 행동했다. 마리를 포함하여 직원
들이 모두 퇴근하고, 남아 있던 장마저 퇴근한 뒤에 마리에게

먼저 문자를 보냈고, 잠시 서로 문자를 주고받았다.

뭐 해?

동생하고 얘기하고 있어.

그래? 그럼, 내일봐야겠네.

오늘 일이 있을 거 같다며?

일 끝내고 장 대표 갔어.

그랬어? 어쩌지? 동생이 학교 기숙사로 들어가고 싶다고 해서 대화 중이야.

괜찮아. 나도 오늘은 좀 푹 쉬어야겠어.

잘됐네, 그럼 내일 봐.

마리와 문자를 끝낸 나는 그제야 주차장으로 내려가보았다. 승용차 다섯 대가 있었다. 나는 입구에 서서 리모컨을 눌렀다. 파란색 아우디 A6의 전후방 등이 번쩍, 하고 들어왔다. 저 차일 거라고 짐작을 하고 있었으면서도 막상 파란색 아우디 A6에 불이 들어오자 가슴이 마구 뛰었다. 데미안으로 온 지 일 년 만에 이런 행운이 온 건 기적이라는 생각이 들었다.

그리고 어느 일요일 아침, 나에게는 또다시 가슴이 마구 뛰는 일이 일어났다. 이미 다이애나와 몇 번의 만남이 이뤄진 뒤였다. 그날도 다이애나의 연락을 받고 별생각 없이 나갔는데, 약속 장소에는 불어를 능통하게 구사하는 다이애나의 여비서 '윤'이 기다리고 있었다. 윤은 나를 자동차에 태우고 어디론가 갔다. 나는 어디에 가는지 묻지 않았다. 늘 그랬듯 어디선가 다이애나가 나를 기다리고 있을 것이라고 여겼다. 그곳이 다이애나의 집이나 쇼룸이라고, 아니면 식사를 할 수 있는 근사한 레스토랑이나 음악을 들으며 편안하게 누워 와인을 마실 수 있는 호텔이라든지. 그러나 자동차는 내가 알고 있는 그 어디로도 가지 않았다. 강변길을 달려 한 오피스텔 앞에 멈춰 섰다. 한강이 훤히 내려다보이는 곳이었다.

차에서 내리자 윤이 오피스텔의 키를 내밀며 사무적으로 말했다.

"오늘 이곳으로 거처를 옮기시랍니다."

"네? 그럼 데미안은요?"

"거긴 이제 그만 정리하셔야지요."

"그건 좀 곤란한데요, 장 대표님께도 말씀드려야 하고……."

"그분께는 벌써 전화하셨을 겁니다."

나는 여유를 주지 않고 갑자기 몰아붙이는 것이 버거웠지만 더 이상 대꾸하지 못했다. 데뷔 무대가 얼마 남지 않았기에 다이애나의 지시가 옳았다. 어느덧 데미안에서도 일 년 반 가까이 일했으니 앞날을 위해 그만둘 때도 되었다는 생각도 들었다. 단지 마리에게 아무런 예고도 없이 거처를 옮긴다는 것이 마음에 걸렸다. 아직 자동차 얘기도 꺼내지 못하고 있었다.

어쨌든 윤이 떠나자 나는 바로 오피스텔로 들어갔다. 내내 살고 있던 집처럼 거리낌 없이 실내를 둘러보았다. 너무나 원했던 일이 한꺼번에 이루어지기 시작해 가슴이 벅찼다. 입고 있던 옷을 벗어 대리석 식탁 위에 올려놓고 욕실로 들어가 따뜻한 물로 샤워를 했다. 그러곤 소파에 앉아 한강을 내려다보며 막막했던 지난 시간을 떠올렸다. 결국 한 가지 어쩔 수 없는 결론에 이르러 스스로를 향해 혼잣말을 중얼거렸다. 나는 무슨 일이든 다 할 수 있다!

데미안으로 다시 돌아가자 장이 기다리고 있었다. 가방 안에 대충 짐을 챙겨 넣은 나는 마리가 걸어놓은 그림을 올려다보았다. 가지고 가야 할지, 남기고 가야 할지 판단이 서지 않았다.

그것을 벽에서 떼어내면 마리와 그대로 이별이 될 것 같았다. 또한 마리와의 추억이 담긴 공간이 지상에서 영영 사라져버릴 것 같았다. 나는 마리를 만나 오해 없도록 얘기를 한 뒤 가져가도 늦지 않을 거라고 여기며 방문을 닫았다.

그때, 층계를 두세 계단씩 뛰어오르는 발소리와 함께 장의 목소리가 들려왔다. 나는 층계를 천천히 내려가면서 장의 물음에 대답했다. "짐은 다 쌌니? 도와줄까?" "아니요, 다 됐어요." "그럼 나하고 차 한잔 하자." "네." 일 층으로 내려가자 장은 주방에서 커피와 레모네이드를 가지고 나왔다. 나는 그를 미안한 눈길로 바라보았다. 내 마음의 짐을 덜어주듯 그가 먼저 입을 열었다.

"갑작스러운 일이지만 잘된 거야."

"형, 미안해요. 저도 뭐가 뭔지 얼떨떨해요."

"원래 무슨 일이든 될 일이면 이런 식으로 이뤄지는 거야. 잘된 일이지 뭐! 네가 여기서 있으면 나야 좋지만 그건 내 욕심이지. 다이애나가 네 꿈을 실현시켜줄 거다. 좋은 기회니까 놓치지 말고 꼭 잡아라. 무슨 일이 있어도 참아내고."

"어쩌면 얻으려는 것보다 더 많은 것을 잃을 수도 있다는 생각에 두렵기도 해요."

"비정한 세계니까 충분히 그럴 수도 있겠지. 하지만 어쩌겠니? 세상일이 다 그래. 시작도 안 하고 겁먹긴. 염려 마라, 넌 영리하니까 잘할 거야. 짐은 잘 챙겼지?"

"네, 그런데 그림 액자하고 몇 가지 물건을 남겨놓았어요. 나중에 가져갈게요."

"방은 그대로 둘 테니 언제라도 와서 쉬어라."

S# 4, 새는 신을 향해 날아간다

릴리스 쇼는, 다시 말해 나의 데뷔 무대는 한 신문사 건물 일
층과 이 층 복도에서 열렸다. 쇼가 열리는 장소만으로도 눈길
을 끌었다. 많은 잡지와 신문의 기자들, 텔레비전 보도진들, 스
틸사진 작가들, 바이어들, 그리고 다이애나와 친분이 있는 각
계의 유명인사들이 초대장을 들고 몰려들었다. 일 년 뒤 파리
의 프레타포르테에 참가할 계획이 잡혀 있는 다이애나는 이번
쇼에 아주 특별한 의미를 두고 있었다. 프레타포르테(Pret-a-
porter)란 기성복이라는 뜻의 프랑스어인데 원래는 고급 기성
복을 말했다. 현재는 세계에서 주목받는 많은 디자이너들이 주
력해서 활동하는 최고급 패션 무대를 뜻했다. 어쨌든 다이애나

는 모노톤에 블루 계열 깃털 장식을 가미한 자신의 작품들을 일부러 화려한 무대를 벗어나는 것으로 더욱 돋보이게 했다. 그녀로선 세계적인 디자이너들과 어깨를 겨루기 위한 전초전으로 나름 전쟁을 치르고 있는 거였다.

무대를 벗어나 복도에서 열린 패션쇼는 마치 영화의 한 장면 같았다. 객석을 따로 마련해놓지 않았기에 공통의 관심사를 즐기는 마니아들의 축제 같기도 했다. 일반적인 쇼와 다른 자유롭고 독특한 분위기였다. 하지만 그렇게 형식을 파괴하는 무대는 더 치밀한 시나리오가 필요했다. 다이애나는 자신이 요구하는 바를 일일이 적은 쪽지를 모델들에게 나눠주었다. 거기에는 쇼를 펼칠 때 작품과 어울리는 모델의 분위기에 대한 설명과 함께 웃지 말 것, 똑바로 앞을 쳐다볼 것, 빨리 걸을 것 등등의 내용이 적혀 있었다. 모델들은 한 번도 이런 식으로 무대에 선 적이 없다고 소곤거렸지만 한편으론 재미있어 하는 기색이 역력했다.

그런데 다이애나가 나에게 건네준 쪽지에는 요구사항이 아니라 'Je t'aime!'라고 적혀 있었다. 불어로 사랑해! 라는 뜻이었다. 나는 다섯 벌의 옷을 입게 되어 있는데 옷의 분의기에 따라 표정과 걸음걸이, 잠시 멈춰 섰을 때의 포즈 등을 그녀와 함께 수없이 반복해서 연습했고, 그녀는 내가 제대로 해낼 때마다 만족스럽게 웃으며 그렇게 Je t'aime! 하고 외쳤었기에 나는 피식, 웃음이 나왔다.

드디어 음악이 시작되면서 엄청난 빛이 터지기 시작하자 모든 것은 너무나 빠르게 진행되었다. 나는 열일곱 명의 톱모델 중 유일한 남자 모델이었다. 게다가 처음 무대에 서는 신인이었다. 그 유래 없는 일로 인해 나는 대기실 안에선 질시의 시선을 받았고, 무대에선 많은 카메라 세례를 받았다. 그리고 이례적으로 새하얀 이브닝드레스를 입은 두 명의 여자 모델을 양쪽에 세우고 등장한 피날레에서는 놀라움에 가득 차 술렁거리는 사람들의 경이에 찬 박수갈채를 받았다. 쇼의 마지막 무대를 장식하고 있는 나는, 머리 위에 플란넬로 만든 새둥지 형태의 하얀 관을 쓰고 있었다. 그리고 살색 팬티만 입은 알몸에 잿빛으로 보디페인팅을 한 뒤 속이 훤히 비치는 하얀 그물로 몸을 감싼 채 하얀 안개꽃을 들고 있었다. 테마가 '잿빛 천사'였다.

다이애나는 말했었다. 나를 아주 돋보이게 해서 단번에 사람들의 시선을 사로잡을 거라고. 다이애나의 의도된 피날레는 역시 효과가 있었다. 전 의상이 대중성을 의식한 거라면 내가 입은 마지막 피날레 의상 하나는 정반대로 대중성을 완전히 무시한 작품이었다. 굳이 전문적인 용어로 설명하자면, 정치화된 세상과 표준화된 의상에 반항하는 '웨스트우드 룩'이었다. 웨스트우드 룩은 록과 펑크의 영향을 받아 무정부주의적이고 과격한 작품을 발표하여 늘 논란의 대상이 되었던 비비언 웨스트우드(Vivienne Westwood)로부터 유래된 스타일이었다.

얼굴을 비롯하여 벌거벗은 내 몸에 잿빛 물감이 칠해지는 순간, 나는 다이애나가 들려준 비비언 웨스트우드의 그 길고 이상한 의상실 이름의 뜻을 떠올리며 마음속으로 잇달아 중얼거렸다. 흔들자, 살기엔 너무 이르다, 죽기엔 너무 젊다, 섹스, 그리고 난동자와 지구의 종말. 흔들자, 살기엔 너무 이르다, 죽기엔 너무 젊다, 섹스, 그리고 난동자와 지구의 종말. 나는 그 의미에 충분히 공감할 수 있었다. 그랬기에 나 자신도 소름이 돋을 정도로 그로테스크한 표정과 움직임으로 다이애나의 피날레 의상을 소화할 수 있었다.

뜨거운 갈채를 받은 다이애나는 무척 만족스러워했다. 그녀는 나에게 다가와 "자기가 가장 멋졌어!" 하고 속삭였다. 나는 그때서야 긴장이 풀렸다. 참석한 손님들의 얼굴이 하나둘 보이기 시작했다. 데미안의 장과 부장님, 또 데미안에서 만났던 유명인사들, 몇몇의 정치인과 온갖 스타들, 그리고 이미 어러 번 만나 화보 작업을 같이한 사진작가 케이까지.

케이는 나에게 엄지손가락을 들어 보였다. 나도 그에게 엄지를 들어 보였다. 그러면서 나는 철저하게 현실에 적응해 있는 나 자신을 발견했다. 사실, 다이애나를 만나고 나서의 지난 시간들이 무조건 설레고 행복하기만 한 것은 아니었다. 일정 부분 갈등과 회의의 연속이었다. 처음엔 잘 몰랐었다. 그렇다고 다이애나와의 적절치 않은 관계에 갈등이 있었던 건 아니었다. 나는 나 스스로에게 말했었다. 다이애나도 싱글이고, 나도 싱글이니 우리 사이에 문제가 될 것은 없다고. 마리에게는 미안한 일이지만, 그 또한 어쩔 수 없는 일이라고. 마리의 말대로 세상은 아브락사스의 정원이고, 나는 운명적으로 그곳을 거닐 수밖에 없는 존재라고. 그런데 시간이 흐르며 나에게 정작 문제가 된 것은 내가 미처 몰랐던 다이애나의 성격이었다.

게다가 우려했던 일은 결국 일어나게 되어 있었다. 나는 마리와 다이애나 중 어느 한쪽을 선택해야 하는 기로에 놓였다. 그러나 쉽지 않은 일이었다. 마리도 필요했고, 다이애나도 필요했다. 결국, 마리에겐 다이애나를, 다이애나에겐 마리를 거짓으로 둘러댔다. 마리에겐 다이애나가 철저하게 일로만 맺어진 관계처럼, 다이애나에겐 마리가 그저 그런 사이였는데 이젠 그마저 흐지부지 헤어진 것처럼. 두 사람 다에게 못할 짓이었지만 나에겐 그것이 최선이었다. 다행히 마리는 내 말을 믿어주었다. 그러나 다이애나는 달랐다.

다이애나는 나에게 수시로 전화를 했다. 그러곤 전화를 받지 않으면 차갑게 돌변했다. 전화를 받는다고 해도 벨이 두 번 이상을 울릴 경우엔 용건을 말하지 않았다. 대놓고 화를 내지는 않았지만 특이한 방식으로 자신의 마음을 전달하며 나를 길들였다.

어느 날, 쇼룸에 전기가 차단되어 잠시 워킹 연습을 멈춘 적이 있었다. 나는 하루 종일 실내에 있어 답답했다. 잠시 건너편 공원으로 바람을 쐬러 나갔다. 그런데 다이애나가 전화를 했고, 나는 미처 받지 못했다. 나는 얼마 뒤 부재중 목록을 보고 그 사실을 알게 되었다. 서둘러 다이애나에게 전화를 걸었다. 다이애나의 목소리가 지나치게 차분했기에 무슨 일이 생겼나, 걱정스러운 마음으로 통화를 했다. 다이애나는 다짜고짜 물었다.

"어디?"

"건너편 공원이요. 무슨 일 있어요?"

"알았어."

그뿐이었다. 조금 황당한 표정으로 휴대폰을 주머니에 넣으며 나는 벤치에서 일어났다. 따뜻한 햇볕을 쬐며 공원을 어슬렁거렸다. 그런데 저만치서 전동휠체어를 탄 노인이 길을 따라 빠른 속도로 다가오고 있었다. 그 뒤로 노란 트레이닝복을 입은 유치원 꼬마 아이들 한 무리가 줄을 맞춰 걸어오고 있었다. 나는 요란한 전동휠체어 소리와, 유치원 꼬마 아이들의 재잘거리는 소리에 파묻혀 있다가 그들이 모두 나를 지나쳐 간 뒤에야 소란에서 벗어날 수 있었다. 바로 그 사이에 다이애나에게서 전화가 걸려온 사실을 감지하지 못하고.

그 뒤, 다이애나는 세 번이나 더 나에게 전화를 했다. 그러면서 내가 받으면 그냥 끊어버리길 반복했다. 뭐지? 나는 멍하니 휴대폰을 들여다보고 있다가, 다시 진동 벨이 울리자 바로 전화를 받았다. 그제야 다이애나는 용건을 말했다.

"이제야 말을 할 수 있게 하네. 그만 들어와."

그뿐이 아니었다. 다이애나는 나에게 수없이 사랑한다고 말했다. 실제로도 그 누구에게보다 잘 대해주고 부족함 없이 챙겨주었다. 그러나 나는 번번이 그녀의 말을 의심했다. 내가 알고 있는 사랑이란 자신이 조금 불편해도 상대의 마음을 편하게 헤아려주는 것이었다. 마리처럼. 그러나 그녀는 달랐다. 내가 힘들어하건 말건 자신이 그어놓은 선 안에서만 머물러 있기를 바랐다. 그것이 지켜지지 않을 때는 나에게 상식 밖의 일을 시켰다. 언젠가는 그녀의 지시대로 편의점에 들어가 빨간색 일회용 라이터를 하나 훔친 적도 있었다. 내가 왜 그런 짓을 시키느냐고 묻자 다이애나는 이해할 수 없는 말을 했다. 네가 나를 그렇게 하도록 만들고 있다고.

게다가 그녀는 비서 윤과 함께 살고 있었는데, 나는 그것도 무척 불편했다. 다이애나가 나와 함께 있을 때는 윤을 집 밖으로 내보낼 법도 한데 그러지 않았다. 오히려 윤이 보건 말건 나에게 스킨십을 했다. 나는 다이애나에게 윤이 보는 앞에서는 나를 만지지 말아달라고 했지만 다이애나는 오히려 크게 웃음을 터뜨렸다. 그러곤 윤과 함께 불어로 무슨 말인가를 나누며 낄낄거렸다. 어쩌면 오해일 수도 있겠지만 나는 모욕감을 느꼈다. 내가 애완동물과 별다를 바가 없다는 생각을 떨쳐버릴 수 없었다. 엄격하게 말해 나 역시 다이애나를 이용하고 있는 것이면서도 왠지 섭섭했다.

어쨌든, 쇼가 끝난 뒤 다이애나의 아파트에서 조촐한 칵테일 파티가 열렸다. 런웨이를 섰던 모델들과 실무자, 몇몇의 패션 관련 디렉터들이 초대되었다. 테이블 위에는 붉은 장미가 무더기로 놓여 있었고 시금치 파이와 치킨 카나페가 커다란 은쟁반 위에 보기 좋게 담겨 있었다. 나는 테이블 앞에 서서 패션 전문지 편집장이라는 사람과 잠시 대화를 했다. 하얀 뿔테안경을 쓴 그는 나에게 많은 관심을 보였다. 그러나 나는 그보다 한 여성을 눈여겨보았다. 짧은 커트머리, 하얀 피부의 화장기 없는 얼굴, 말로만 듣던 드라마 작가 '오유라'였다. 그녀가 쓴 드라마에 출연하는 신인들은 곧바로 스타가 된다는 말이 있는 사람이었다. 또한 그녀의 남편은 내가 다니던 대학의 학과장이었다. 그녀의 출현에 여자 모델들이 은근히 긴장하며 나를 살피는 느낌이 들었지만 나는 개의치 않고 그녀를 주시했다. 모델이란 아무리 잘나고 똑똑해도 결국은 냉정하게 교체되어버릴 운명이라는 사진작가 케이의 충고가 작용한 탓이었다. 스타가 꿈이라면 가능한 한 빨리 연기자의 길로 나서는 것이 좋다는.

예감했던 대로 다이애나는 오유라에게 나를 소개하지 않았다. 나는 다이애나가 한 패션 에디터와 이야기를 나누는 사이 그녀에게 다가가 말을 걸었다.

"김 교수님은 건강하시죠?"

"네, 그런데 제 남편을 어떻게 아세요?"

"교수님 제자예요. 차기연이라고 합니다."

"아, 그러세요? 혹시, 아까 패션쇼에 선 그 유일한 남자 모델?"

"네, 맞아요. 그 유일한 남자 모델."

"신인인가요?"

"네, 오늘이 데뷔 무대입니다."

"어머나, 그래요? 축하해요!"

그때쯤 다이애나가 다가와 내 등에 손을 얹고 말을 걸었다.

"내일 스튜디오에 몇 시까지 가기로 했지?"

"3시요. 왜요?"

"화보를 찍자는데 내일은 안 되겠네, 모레 1시쯤엔 어때?"

나는 조금 전 대화를 나눴던 하얀 뿔테안경을 쓴 패션 전문
지 편집장을 바라보았다. 그러자 그가 나를 향해 두 손을 앞으
로 모으고 고개를 끄덕 움직여 보였다. 나와 대화할 때는 아무
말 없다가 다이애나를 통해 섭외를 한 게 못마땅했지만 나는
다시금 내 인생이 달라진 걸 실감했다. 그와 다이애나가 동시
에 볼 수 있도록 알았다는 식으로 머리를 끄덕여 보였다.

동시에 나와 다이애나를 번갈아 쳐다보던 오유라도 빙긋이
웃었다. 그러곤 다른 사람이 말을 걸자 더 활짝 웃으며 그에게
로 고개를 돌렸다. 나와 오유라는 더 이상 대화를 나누지 않았
다. 그러나 나는 그녀와 여러 번 눈길이 마주쳤고, 그럴 때마다
그녀는 조용히 미소를 지어 보였다. 그녀가 요란스럽게 떠드는
걸 싫어하는 성품인 것 같아 나는 더 이상 가까이 다가가지 않

왔다. 그런 위치에 있으면서도 자신을 드러내지 않는 사람이라면 상대방의 마음을 훤히 들여다볼 것 같았다.

자정이 넘으면서 사람들이 하나둘 돌아가고 파티 업체 직원들만 남아 정리를 하고 있었다. 나는 어떻게 해야 좋을지 몰라 머뭇거리며 눈치를 살폈다. 업체 직원들마저 돌아가자 다이애나가 말했다.

"어깨 근육이 많이 뭉쳤네, 뜨거운 물에 몸을 좀 담가야겠어."

윤이 조용히 움직이는 사이 나는 다이애나의 뒤로 가 어깨를 주물렀다. 잠시 침묵이 이어졌고 얼마 뒤 다이애나가 작은 소리로 물었다.

"축하해. 기분이 어때?"

"너무 좋았어요. 고마워요."

"그래도 내가 밉지?"

"……"

"왜 대답을 안 해?"

"미워한 적 없는데, 그렇게 물으니 할 말이 없잖아요."

다이애나는 눈을 감은 채 "미워한 적 없다?" 하고 자조적으로 중얼거린 뒤 피식 웃었다. 그녀의 어깨에 놓여 있는 내 손이 흔들리는 것을 보며 나는 침을 삼켰다. 내가 원하는 분위기가 아니었다. 오늘은 다이애나가 "피곤할 테니 어서 가봐." 하면 좋으련만 그런 일은 없을 것 같았다.

윤이 목욕할 준비가 다 되었음을 알리자 다이애나는 소파에서 일어났다. 그리고 말없이 내 손을 잡고 방으로 들어갔다. 늘 느끼는 거지만 그녀의 방은 상상할 수 없을 정도로 멋졌다. 넓은 공간의 침실 안에 둥근 욕조가 있고, 왼쪽 벽 뒤에는 드레스룸이 있었다. 다이애나가 옷을 벗고 욕조 안으로 들어가는 것을 보며 나는 이렇게 모든 것을 가진 여자가 무엇 때문에 가끔씩 이해할 수 없는 행동을 하는지 모르겠다는 생각을 했다.

나는 다이애나와 함께 욕조 안에 나란히 누워 몸을 녹였다. 물에서 독특한 약초 냄새가 났다. 그 때문인지 나른했다. 몸을 아래쪽으로 미끄러뜨려 머리까지 물속으로 넣었다. 숨을 참고 물속에 잠긴 내 성기와 그녀의 아래를 내려다보았다. 그때, 다이애나가 손을 뻗어 내 팔을 잡고 손에 힘을 주었다. 나는 그녀가 원하는 대로 그녀의 몸 위로 올라갔지만 아무런 행동을 취하지 않았다. 성욕도 일지 않았고, 남자의 성기가 몸 안으로 들어오는 걸 허락하지 않는 그녀였기에 어쩌지 못하고 그대로 있었다.

그런데 희한하게도 그녀는 평소의 그녀답지 않게 굴었다. 마치 마리가 내 얼굴을 어루만질 때처럼 그윽한 눈빛으로 나를 올려다보며 턱을 들어올렸다. 조심스럽게 그녀의 입술에 내 입술을 갖다 댄 나는 혀로 그녀의 입을 열고 오랫동안 부드럽게 키스를 했다. 그러자 그녀가 평소와 달리 내 귀에 대고 속삭였다. "해줘." 나는 잘못 들은 게 아닌가 하여 그녀의 눈을 바라보며 물었다. "직접?" 그녀가 고개를 끄덕였다. 그러나 내가 어느새 부풀어 오른 성기를 그녀의 몸 안으로 넣으려 하자 "아, 도저히 안 되겠어!" 하고 몸을 뒤틀며 나를 밀어냈다. 그 순간, 나는 불에 덴 듯 그녀의 몸에서 떨어져 나왔다. 낭패감이 들었지만 한편으론 차라리 잘된 일이라는 생각을 했다. 나는 마리와 만나기로 약속이 되어 있었다. 간밤에 마리는 전화 통화를 하며 보고 싶다는 말 대신 "우리, 두 달 동안 보지 못한 거 알지?" 하고 투정을 부리듯 말했다. 나는 "미안해, 내일은 아무리 늦어도 꼭 보러 갈 거야." 하고 대답했었다.

묵묵히 옷을 입고 있는 나에게 다이애나는 물었다.

"갈 거야?"

"네."

"자고 가."

오늘따라 왜 이러는지 모르겠다는 생각이 들었다. 정말 다이
애나답지 않았다. 나를 놀리는 건가. 나는 슬랙스 지퍼를 올리
며 감정을 드러내지 않고 대답했다.

"그냥 갈게요. 촬영 준비도 해야 하고, 또 볼일이 있어서 마
음이 편치 않아요."

"무슨 일?"

"그냥 좀……."

"중요한 일이야?"

"……."

"마리 때문이야?"

나는 다이애나의 입에서 예고 없이 마리의 이름이 거론되자
가슴이 쪼그라드는 것 같았다. 단 한마디도 대꾸할 수 없었다.

그녀는 집요하게 다시 물었다.

"헤어진 거 아니었어?"

나는 더 이상 머뭇거리면 안 될 것 같아 얼른 둘러댔다.

"헤어졌어요. 고모 집에 가야 해요. 아버지에게 연락이 왔대요."

나는 서둘러 나머지 옷을 입었다. 그러곤 침대에 누운 다이애나가 리모컨으로 조명을 낮추는 사이 얼른 방문을 열고 나왔다.

왜 하필이면 아버지 이야기를 꺼낸 건지. 자동차를 주차시켜 놓은 곳까지 걸어가며 나는 아버지에 대한 생각에 빠져 있었다. 마리에게 전화를 걸기 전에 모처럼 고모에게 전화를 걸었다. 고모는 한밤중인데도 아주 반갑게 전화를 받았다.

"아이고, 우리 기연이 잘 지내지? 잡지에 실린 거 봤다. 멋지더라."

"네, 고모도 건강하시죠?"

"그럼, 내 걱정은 말고 너나 잘 살아. 어서 학교도 마저 다녀야 할 텐데, 고모가 도움도 못 되고 미안하다."

"지금은 바빠서 돈이 있어도 학교에 못 가요. 그런데 고모, 혹시 아버지 소식은 없어요?"

"아직 아무런 연락이 없구나. 죽었는지, 살았는지 내가 네 아버지 생각만 하면 잠을 못 자. 하늘도 무심하지, 그 착한 네 엄마 먼저 데려갔으면 됐지 어찌 이렇게 집안을 박살 낸단 말이냐. 너 어릴 적엔 얼마나 행복했었니?"

나는 고모의 갑작스러운 넋두리가 듣기 싫었다. 또 연락을 하겠다며 서둘러 통화를 끝냈다. 그러곤 자동차 시동도 걸지 않은 채 잠시 그대로 앉아 있다가 갑자기 할 일이 생각난 사람처럼 서둘러 시동을 걸고 마리에게 전화를 했다.

"보고 싶어. 집 앞으로 갈게, 삼십 분 뒤에 나와."

"그냥 집으로 들어와."

"동생은?"

"지난주에 기숙사로 들어갔어."

그날 밤, 나는 마리와 애틋한 섹스를 했고, 마리를 꼭 끌어안은 채 오랜만에 깊은 잠에 빠져들었다. 그리고 그다음 날부터 거의 매일 밤 마리의 집으로 갔다. 특별한 일이 없으면 일단 오피스텔로 퇴근을 해, 자정쯤 다이애나에게 그만 자야겠다고 확인전화를 한 뒤, 새벽 한두 시에 오피스텔을 나와 마리에게 가 잠을 잤다. 아침에는 직접 스포츠센터로 가 운동을 하고 정오쯤 오피스텔로 돌아가 그다음부터 스케줄대로 움직였다. 그런 나날은 꽤 오랫동안 지속되었다. 아무리 바빠도 일주일에 삼사일은 마리를 끌어안고 깊은 잠을 잘 수 있어 나는 많이 행복했었다.

그리고 제법 쌀쌀한 초겨울, 남해안의 한 섬에서 야외촬영을 한 날에도 나는 마리에게 갔었다. 극도로 피곤한 나는 역시 마리를 꼭 끌어안고 깊은 잠에 빠져들었다. 얼마 뒤 마리가 잠들어 있는 내 옆에서 왔다 갔다 움직이는 것을 어렴풋이 느끼면서도 쉽게 눈을 뜨지 못했다. 아무리 깨어나려고 해도 잠을 떨쳐버릴 수 없었다. 그러다가 무언가 쿵쿵거리는 소리에 놀라 반사적으로 몸을 일으켰다. 그때 잔뜩 긴장한 마리가 방문을 열고 들어와 속삭이듯 말했다.

"문밖에 누가 있는 거 같아."

나는 그 한마디에 정신이 번쩍 들었다. 침대에서 일어나 재빨리 옷을 입었다. 별별 생각이 다 들었다. 혹시 다이애나가?

하는 생각까지. 그런데 쿵쿵거리는 소리가 좀처럼 멈추지 않고 이어졌다. 누군가 무언가로 문 바로 옆의 벽을 반복해서 치고 있는 게 틀림없었다. 나는 방문을 열고 서서 귀를 기울이며 작은 소리로 마리에게 물었다.

"언제부터 이랬어?"

"한 시간쯤 된 거 같아. 누구냐고 물어도 대답을 하지 않아."

"날 깨우지 그랬어?"

"너무 곤히 자는 게 안쓰러웠어."

나는 마리를 품에 안고 머리와 등을 쓰다듬어주었다. 그러곤 집 안의 전등을 모두 켜고, 일부러 발소리를 내며 문 가까이 다가갔다. 마리도 내 팔을 꼭 붙잡고 따라다녔다. 그러자 문밖에서 인기척이 들려왔다. 마치 누군가 바닥에 누워 있다가 비척거리며 일어나는 듯한 느낌이었다. 나는 술 취한 사람이 화장실을 찾아 들어왔다가 쓰러져 있었던 것일지도 모른다는 생각을 했다. 일단 "누구세요?" 하고 제법 큰 소리로 물어보았다. 상대가 놀라 달아나기를 바랐다. 그런데 어처구니없게도 "넌 누구야?" 하는 술 취한 남자의 혀 꼬인 소리가 들려왔다. 그 순간 나와 마리는 깜짝 놀라 서로를 쳐다보았다.

최일주의 목소리였다.

나는 빠르게 판단을 해야 했다. 많은 생각들이 스파크가 일
듯 머릿속을 스쳐갔다. 최일주가 계속 소란을 피우면 누군가
신고를 할 것이고, 나 역시 노출이 될 것이었다. 마리도 어떡
해? 하는 표정을 지었다. 소란이 일기 전에 마리가 나가보는 것
이 가장 좋은 방법인 것 같았다. 하지만 그럴 수는 없었다. 그렇
다면 다른 집에서 누군가 나와보기 전에 최일주를 밖으로 끌고
나가는 것도 한 가지 좋은 방법인 것 같았다. 나는 나가지 말라
고 팔을 붙잡는 마리를 단호하고 이성적인 표정으로 달래 방으
로 들여보냈다. 주먹을 불끈 쥐고 재빨리 문을 열고 나갔다. 벽
에 이마를 대고 비틀거리는 최일주가 고개를 돌리는 순간 다짜
고짜 얼굴을 후려쳤다. 그러곤 벽에 머리를 부딪쳐 정신을 잃
고 쓰러진 그를 들쳐 업고 밖으로 나갔다.

자동차 뒷좌석에 던져진 최일주의 몸에서는 술 냄새와 마른
나뭇잎 탄내가 났다. 나는 그의 주머니를 뒤졌다. 길이가 반으
로 잘린 요구르트 빨대 두 개, 은색 지포라이터, 영어로 '바르비
탈'이라고 적힌 알약 한 개, 작게 말아 고무줄로 묶은 비닐봉지,

만 원짜리 지폐 네 장, 그리고 누구라도 우려할 만한 잭나이프. 만 원짜리 지폐 네 장만 최일주의 주머니에 도로 넣은 뒤 나는 그를 흔들어보았다. 그가 눈을 뜨는가 싶더니 횡설수설 뭐라고 중얼거리면서 다시 잠아버렸다. 얼핏 듣기에 '뭔가를 다 말해버리겠다'는 소리 같았다. 나는 그가 도대체 무슨 말을 하는지 궁금해 잠시 귀를 기울여봤지만 정확한 내용을 파악하기는 힘들었다. 어쨌든 그는 내내 정신을 못 차리고 있었고, 나는 그를 태운 채 별 어려움 없이 자동차를 몰아 나의 오피스텔 주차장으로 갈 수 있었다. 그리고 그곳에서 장에게 전화를 했다.

그런데 막상 달려온 사람들은 장이 아니었다. 검은 양복을 입은 두 명의 덩치 큰 남자와 최일주의 삼촌인 박 실장이었다. 그는 나를 보자마자 내 모습을 이리저리 살피며 물었다.

"다친 데 없으시지요?"

나에게 반말을 하던 그가 갑자기 공손하게 존대를 하는 게 이상했다. 나는 애써 담담하게 대답했다.

"네. 저는 괜찮아요."

"미안합니다. 두 번 다시 저 녀석이 기연 씨 앞에 나타나는 일은 없을 겁니다."

나는 최일주의 주머니에서 꺼낸 물건들을 박 실장에게 건넸다. 그러자 박 실장이 잭나이프를 같이 온 덩치들 중 한 명에게 건네며 어떤 눈짓을 했다. 그들은 내 자동차에서 최일주를 끌어내 자신들이 타고 온 승합차에 짐짝처럼 내던졌다.

왠지 마음이 편치 않았다. 오피스텔로 들어간 나는 휴대폰을 들고 부재중 번호를 확인했다. 다행히 다이애나가 전화를 한 흔적은 없었다. 곧바로 마리에게 전화를 했다. 신호음이 울리자마자 기다렸다는 듯 마리의 울먹이는 목소리가 들려왔다.

"괜찮아?"

"응, 다 잘됐어. 박 실장이 와서 데려갔어."

"박 실장이?"

"응. 이제 두 번 다시 나타나지 않을 거라고 했으니까 걱정하지 말고 자. 나는 지금 오피스텔이야. 장 사장님에게는 최일주가 내 오피스텔로 찾아왔다고 말했으니까 그렇게 알고 있어. 그래도 당분간은 조심해야 할 거 같아. 우리 보고 싶어도 조금만 참자. 할 말 있으면 문자로 하고. 내 말 무슨 뜻인지 알지?"

"알았어."

"문자에도 바로 답하지 못할 거야. 그 대신 밤에 잠들기 전에는 내가 전화할게. 사랑해."

마리도 "사랑해." 하고 전화를 끊었다.

최일주를 박 실장이 데려가고 그럭저럭 며칠이 지난 어느 날 오후였다. 점심으로 자장면을 시켜 먹고 있던 나는 마리가 보낸 문자를 한 통 받았다. 그로 인해 자장면이 굳어 더 이상 먹을 수 없게 될 때까지 한동안 당혹스러움에 휩싸여 있었다.

최일주가 죽었어.

뭐라고?

최일주가 죽었다고.

정말? 갑자기 왜?

인터넷에도 기사 떴어.

그래?

뭐 이런 일이 다 있는지 모르겠어.

언제 죽었는데?

그게……. 하필이면 지난 토요일 아침에 발견됐대.

토요일 아침?

응, 그래서 나도 혼란스러워. 분명히 박 실장이 데려간 거 맞지?

그럼.

그렇다면?

나는 마리가 무슨 말을 하려는 건지 알 수 있었다. 나 역시 '박 실장이?' 하는 생각이 들었다. 나는 거의 사색이 되어 인터넷을 검색했다. '마약중독, 당신도 안전하지 않다'라는 기사에 최일주 사건이 적혀 있었다. 마약을 상습적으로 복용하던 삼십대 남자 최일주가 자신이 일용직으로 근무하는 아파트 공사장 옥상에서 추락사를 했다는 거였다. 나는 멍하니 앉아 있었다. 중국집 배달원이 그릇을 달라고 초인종을 누르자, 그제야 자리에서 일어났다. 그러곤 부랴부랴 주차장으로 내려가 블랙박스를 확인했다. 금요일 밤의 일이 그대로 담겨 있었다. 어찌 되었건 그것을 간직해 만약의 사태에 대비해야 할 것 같았다.

나는 한동안 마음이 편치 않았다. 금요일 밤의 일을 다이애나가 알게 될까 봐 두려웠고, 마리를 자유롭게 만나지 못하는 상황도 견디기 힘들었다. 박 실장이 나를 공손하게 대한 사실도 점점 더 이상하게 느껴졌다. 내 주변에서 일어나는 모든 일에 내가 알지 못하는 어떤 음모가 도사리고 있는 것 같았다. 점점 더 뭔가 덫에 걸린 느낌이 들어 불안했다. 그리고 얼마 뒤, 나는 내 생애 가장 끔찍하고 고통스러운 일을 겪으며 박 실장이 공손해진 이유를 비롯해 모든 사실을 알게 되었다.

며칠 뒤, 다이애나가 아주 밝은 톤으로 전화를 했다.

"지금 어디 있어?"

"가까운 곳에 있어요."

"중요한 파티가 있어. 7시까지 쇼룸으로 와."

다이애나의 쇼룸까지는 십오 분이면 충분한 거리였다. 아직 삼십 분이나 남아 있음을 확인하며 나는 네, 하고 대답했다. 그러나 쇼룸에는 다이애나가 없었다. 대신 여성스러운 인상을 풍기는 두 명의 남자가 나를 맞았다. 그 둘은 서로를 쳐다보는 눈빛이 다정하여 애인 사이 같았다. 그중 몸집이 작은 남자가 어리둥절한 표정을 짓고 있는 나에게 여자 같은 말투로 상황을 설명했다.

"옷 갈아입으시고 지하 주차장으로 내려가시면 기다리고 계실 거예요."

그러나 나는 옷만 갈아입은 게 아니었다. 그들은 나를 완전히 다른 이미지로 변신시켰다. 조금 긴 머리를 짧게 자르고, 연회색 셔츠와 연회색 양복에 보랏빛 넥타이를 매주었다. 나는 그들이 하는 대로 내버려두었다. 모두가 다이애나의 뜻일 거였다.

지하 주차장으로 내려가자 거기에도 다이애나는 없었다. 나를 기다리고 있는 사람은 역시 윤이었다. 나는 그녀에게 "다이애나는 어디 계시죠?" 하고 물었다. 그러자 그녀가 "먼저 출발하셨습니다." 하고 대답했다. 어디를 먼저 갔단 말인지, 나는 자동차가 외곽도로를 달려 서울을 빠져나가자 궁금증을 견디지 못하고 다시 물었다.

"어디로 가는 거예요?"

"국장님 별장으로 갑니다."

데미안에서 포커를 치다가 유리컵을 집어 던지던 국장의 모습이 떠올라 나는 내키지 않는 기분으로 다시 물었다.

"거기엔 왜요?"

"오늘 파티가 있습니다."

"무슨 파티요?"

"그 이상은 잘 모릅니다."

나는 더 이상 아무것도 묻지 않았다. 윤이 설사 뭔가를 잘 알고 있다고 해도 나에게 쉽게 입을 열 사람이 아니었다.

자동차는 큰 도로에서 벗어나 좁은 길로 한참을 올라갔다. 해가 저물자 주위가 잘 보이지 않았다. 나는 물 흐르는 소리를 듣고 자동차가 계곡을 끼고 달리고 있다는 걸 알 수 있었다. 혼자서 다시 찾아가라면 불가능할 것 같았다. 어느 지점에서부터 계곡 길을 벗어나 좁고 구불구불한 비탈길을 곡예하듯 끝없이 더 올라갔다. 마치 깊은 산속에 숨겨져 있는 비밀 요새를 찾아가는 느낌이었다. 드디어 '사유지 출입금지'라고 적혀 있는 기둥을 지나 오 분쯤 더 들어가자 별장이라고 하기엔 지나치게 큰 건물이 나타났다. 윤은 차에서 내리자마자 다이애나에게 전화를 했다. 나는 그녀가 전화를 하는 동안 독특한 별장 외관을 보며 이런 곳에선 살인사건이 일어나도 감쪽같을 거라는 생각을 했다. 왠지 안으로 들어가기가 찜찜하고 겁이 났다. 일반적인 전원주택이라면 자연을 즐기기 위해 유리벽이나 창이 많은 법인데 창문이 보이지 않았다. 건물 중앙 위쪽에 직경 일 미터 크기의 동그란 창 세 개가 나란히 붙어 있는 것이 전부였다. 이

등변사면체의 거대한 콘크리트 상자 같았다. 언뜻 보기엔 기능주의 건축 스타일의 단순하고 세련된 구조물이 떠오르지만 불순한 목적을 품고 있는 건물 같다는 생각도 들었다.

실내에는 꽤 많은 사람들이 있었다. 화려하고 값비싼 옷차림, 어디서 많이 본 듯한 얼굴들. 현관 입구에서 다소 주눅이 들어 서 있던 나는 다이애나가 다가오자 안도의 한숨을 내쉬었다. 그녀는 나의 모습을 보며 만족스러운 미소를 지었다. 나에게 가볍게 포옹을 하며 인사를 했다. 그러곤 재빨리 속삭였다.

"국장님이 널 특별히 초대했어."

다이애나는 나의 손을 잡고 사람들 사이를 이끌고 다니며 인사를 시켰다. 그들 중에는 평소에 관심을 갖고 눈여겨보았던 몇몇의 배우와 모델 들도 있었다. 그들은 밝게 웃으며 나를 대했지만 진심이 느껴지지는 않았다. 사진작가 케이를 둘러싸고 담소를 나누고 있던 몇몇 디자이너들은 그래도 사심 없이 호감을 갖고 나를 대했다.

국장은 중앙 소파에 앉아 있었다. 그는 내가 다가가자 "아, 떠오르는 태양, 차기연 씨!" 하고 반갑게 외쳤다. 그의 지나친

제스처에 몸이 움츠러들었지만 나는 활짝 웃으며 고개를 숙여 인사를 했다. 모든 사람들의 시선이 나에게 꽂히는 게 느껴져 나는 사진작가 케이를 쳐다보며 어색하게 웃었다. 그 사이에도 몇몇 사람들은 국장과 한마디라도 더 이야기를 나누려고 애를 썼다. 나는 국장이라는 사람이 누구인지 궁금했다. 화장실을 다녀오면서 사진작가 케이에게 그가 뭘 하는 사람인지 물어보았다. 케이는 그것도 몰랐느냐며 눈을 동그랗게 떴다. "비서실 실세잖아. 우리가 그냥 국장님이라고 부르는 거야." 하고 속삭였다.

자정이 넘자 사람들이 하나둘 빠져나간 별장에는 열 명 남짓만 남아 있었다. 다이애나는 여전히 내 곁에서 눈짓과 속삭임으로 이런저런 코치를 했다. 나는 국장 앞에서 작은 말실수조차 하지 않으려고 술을 먹는 척만 했다. 다이애나가 "이제부터는 마음껏 마셔도 돼." 하고 귓속말을 하자 긴장을 풀고 조금씩 마시기 시작했다. 그녀가 따라주는 위스키를 다섯 잔 정도 입안으로 털어 넣자 기분이 좋아졌다. 사람들도 하나둘 술에 취하면서 별것도 아닌 일에 와르르 웃음을 터뜨렸다. 그런데 어느 순간, 국장이 껄껄껄 웃으며 말했다.

"위스키가 맛이 없네. 우리 이제 다른 술로 할까?"

국장의 말에 기다렸다는 듯이 한 남자가 자리에서 일어났다. 그리고 주방 쪽으로 가더니 코르크 마개를 제거한 와인 세 병을 들고 나와 거기에 앰풀에 들어 있는 투명한 액체를 넣고 흔들었다. 그 사이, 다른 사람이 어디선가 작은 향로를 가지고 나와 탁자 위에 올려놓았다. 향로 안에선 하얀 연기가 하늘하늘 피어오르고 있었다.

서너 잔의 와인을 더 마시고 나자 실내엔 향로에서 피어오른 연기가 고이기 시작했다. 나는 이상하게도 기분이 좋았다. 왠지 자꾸만 히죽히죽 웃음이 터져 나왔다. 온몸의 세포가 활짝 열려 간질간질한 느낌도 들었고, 몸통 전체가 체액이 흥건하게 고인 여자의 질 안에 풍덩 빠져 있는 것 같기도 했다. 그리고 어느 순간, 나는 누군가 내 손을 잡아끄는 걸 느꼈다. 고개를 돌려 몽롱한 시선으로 상대방을 바라보았다. 다이애나가 이리 와 봐, 하고 중얼거렸다. 나는 그녀에게 천천히 끌려가면서 실내를 둘러보았다. 조금 전까지 나와 다이애나가 앉아 있던 소파

맞은편 자리에서 두 명의 남자와 한 명의 여자가 엉겨 붙어 서로를 빨고 있었다. 그리고 또 다른 두 명의 여자는 초점을 잃고 바닥에 누워 있는 한 남자의 옷을 벗기고 있었다. 나는 다이애나를 따라 욕실로 들어갔다.

다이애나는 욕실로 들어가자마자 스커트를 걷어 올린 뒤 나를 끌어안았다. 나는 정신없이 그녀의 입술을 덮치며 그녀의 손을 잡아 내 성기 위에다 비벼댔다. 그러자 그녀가 나를 거칠게 밀어낸 뒤 세면기에 엉덩이를 걸치고 앉았다. 그러곤 내 넥타이를 잡아당겼다. 그녀 앞에 바짝 다가선 나는 주인의 명령이 떨어지기를 기다리는 충견처럼 그녀를 응시했다. 그녀가 내 어깨를 양손으로 눌러 무릎을 꿇게 만들었다. 발기된 성기가 바짓가랑이에 끼어 아팠지만 나는 자세를 고정시키고 가만히 있었다. 그녀가 내 머리를 양손으로 잡고 눌렀다. 내 입술이 그녀의 음부에 닿았다. 그녀는 자신의 양다리를 내 어깨 위로 올린 뒤 엑스 자로 감았다. 그녀의 가랑이에 머리통이 꼭 끼인 나는 숨이 막혔다. 하지만 그녀는 점점 세게 힘을 주고 몸을 달싹거리며 내 얼굴을 자신의 음부에 밀착시켰다. 나는 혀를 내밀어 그녀의 음부를 핥았다. 그녀가 신음을 내며 다리의 힘을 풀었다. 나는 그녀의 음부를 들여다보았다. 살아 있는 연체동물처럼 절로 움찔거리는 어두운 그곳에서 체액이 흘러나왔다. 나는 한 마리 흡혈 박쥐처럼 그녀의 깊고 음습한 동굴을 마구 파고들었다. 숨을 헐떡거리던 그녀가 점점 흥분하여 탄성을 내질렀다. 그리고 갑자기 오르가슴에 올라 어쩔 줄 모르고 몸을 비틀어댔다.

밤새 섹스를 해도 힘이 남아돌 것 같은 나는 다이애나가 정색을 하고 팬티를 끌어올리자 미칠 것 같았다. 욕실을 나가려는 그녀를 등 뒤에서 껴안고 어린아이처럼 떼를 썼다. 그러나 그녀는 돌아서서 잠시 나를 쳐다보더니 그대로 욕실을 나가버렸다. 이미 제정신이 아닌 나는 미칠 것만 같았다. 화가 치밀었다. 바지 속에 손을 넣고 성기를 만지다가 욕실에서 나가 그녀를 찾아보았다. 연기가 자욱하게 깔려 있고 조명이 어둡게 내려 있어 사람들의 모습이 선명하게 보이지 않았다. 나는 눈을 부릅뜨고 이리저리 돌아다니며 흐느적거리는 사람들을 하나하나 살펴보았다. 그런데 아무리 찾아봐도 그녀는 보이지 않았다. 나는 국장에게 물었다.

"다이애나는 어디 있어요?"

"다이애나? 글쎄, 어디 있겠지. 걱정하지 말고 술이나 더 해."

나는 국장이 따라주는 와인을 벌컥벌컥 마셨다. 그런데 믿어지지 않을 정도로 순식간에 화가 가라앉고 다시 기분이 좋아졌다. 잇달아 세 잔을 더 마시고 나자 다이애나에 대한 생각도 사라져버렸다. 신기하게도 몸이 공중으로 붕 떠오르는 느낌이었다. 아까보다 더 온몸의 근육이 꿈틀거리며 움직이는 것 같았고, 머릿속은 밝은 빛이 가득 들어차 있는 것 같았다.

그렇게, 해시시에 취하고 보디빌더들이 먹는 중추신경 진정제 GHB(gamma hydroxy butyrate)를 넣은 와인에 취한 사람들은 열기가 고조되자 하나둘 옷을 벗어 던져 나체가 되었다. 나역시 꿈틀거리는 근육을 누군가에게 마구 비벼대고 싶은 열망에 입고 있던 옷을 벗어버렸다. 급기야 국장이 건네주는 알약까지 아무런 거리낌 없이 삼켜버렸다. 그러곤 누군가 내 입안으로 손가락을 넣으면 그것을 빨았고, 혀를 넣으면 그것을 빨았다. 닥치는 대로 빨고, 닥치는 대로 주무르며 벌거벗은 채 뒤섞여 있는 사람들 사이를 정신없이 기어 다녔다.

어딘가에 한 차례 사정을 한 나는 엉금엉금 소파 위로 올라갔다. 뜨거운 열기를 식히기 위해 몸을 길게 누이고 눈을 감았다. 나는 비로소 내가 환각 상태에 놓여 있다는 사실이 어렴풋이 느껴졌다. 내 머리에 내가 아닌 다른 존재가 들어 있어 나를 마음대로 조종하는 것 같아 두려웠다. 두 손으로 귀를 막고 엎드려 무릎을 꿇은 채 그렁대며 환각을 몰아내기 위해 애를 썼다. 그러자 누군가 "이 친구 처음인 거 같아." 하고 나를 들어올렸다.

　방문이 닫히는 것을 어렴풋이 느끼며 나는 깊은 잠에 빠져들었다. 그리고 꿈을 꾸었다. 꿈속에서 나는 국장의 침대에 잠들어 있었다. 그런데 똑 똑 똑, 노크 소리가 난 뒤 마리가 방으로 들어와 벌거벗은 내 몸을 어루만졌다. 나는 그녀의 손길이 평소와 다르게 조금 거칠다는 생각이 들었지만 별로 신경을 쓰지 않았다. 그녀와 함께 있다는 것이 행복할 따름이었다. 하지만 왠지 그녀는 나를 계속해서 어루만지기만 했다. 내가 그녀를 부둥켜안으려고 하면 고개를 흔들어 제지했고 그대로 움직이지 말고 누워 있으라고 했다. 나는 뭔가 기분이 이상했지만 그녀의 손길에 온몸을 맡겼다. 나의 몸을 쓰다듬으며 곳곳에 입을 맞춘 그녀는 나에게 돌아누우라고 했다. 내가 돌아누워 엎드리자 그녀는 어깨에서부터 척추를 따라 안마를 하듯 나의 몸을 쓸어내렸다. 나는 온몸이 나른하게 이완되어 스르르 눈이 감겼다. 하지만 다음 순간, 나는 척추가 휘는 깃 같은 고통에 비명을 지르며 꿈에서 깨어났다. 그녀가 온데간데없이 사라지고 국장이 뒤에서 나를 끌어안고 있었다.

S# 5, 신의 이름은 아브락사스다

별장 마당엔 때늦은 꽃 한 송이가 피어 있었다. 지네 다리처럼 생긴 흡착 뿌리를 건물 벽면에 단단히 박고 부챗살처럼 뻗쳐 있었다. 나팔수의 트럼펫처럼 고개를 빳빳이 들고 있는 그것을 바라보며 나는 초조한 마음을 달랬다. 정오쯤 오겠다는 다이애나가 좀체 모습을 나타내지 않고 있었다. 나는 제철이 아닌데도 도발적으로 피어 있는 붉은 꽃을 자세히 들여다보았다. 다섯 갈래로 벌어진 꽃잎 안에서 노란 꽃술이 누군가 건드려주기를 간절히 원하는 듯 뻗쳐 있었다. 나는 짜증이 치밀었다. 손끝으로 네 개의 노란 꽃술을 잡아 뜯었다. 그때 내 등 뒤에서 서성거리던 국장이 말했다.

"손을 씻어야 할 거야."

"……"

"이 꽃가루에 갈고리 같은 것이 들어 있는데 눈에 들어가면
실명을 한다고."

나는 국장의 눈을 내 손으로 문질러버리고 싶은 것을 참으
며 별장 안으로 들어갔다. 잠시도 틈을 주지 않고 곁으로 다가
와 말을 거는 그가 싫었다. 가능한 한 오랫동안 손을 씻으며 욕
실에 머물러 있다가 거실로 나왔다. 국장도 어느새 따라 들어
와 소파에 앉아 있었다. 나는 그와 지낸 이틀이 악몽처럼 떠올
라 몸서리를 쳤다. 서둘러 현관문을 열고 마당으로 나갔다. 이
제 다이애나가 오면 그를 벗어날 수 있다는 생각에 눈물이 날
지경이었다.

다이애나는 국장에게 전화를 걸어 나를 바꾸게 했다. 그녀
는, 별장의 모든 사람이 돌아간 뒤에도 내가 하루를 더 국장과
단둘이 별장에 머물러 있어야 할 이유를 간단하게 설명했다.

"하루만 더 있어. 그러면 군대 빼주기로 했어."

수치심에 기분이 더러웠지만 나는 다이애나와 국장의 거래

를 깰 용기는 없었다. 이미 국장에게 당한 뒤라 이제 와서 물러서기엔 억울했다. 게다가 엑스터시를 먹으면 고통이나 죄책감도 사라질 것이니 하루만 더 버티면 된다는 오기도 생겼다.

역시, 저녁이 되자 그는 나를 침실로 데리고 들어갔다. 내 항문에 연고를 발라주고 엉덩이를 두드리며 잠시 잠을 자라고 했다. 하지만 약 기운이 떨어지기 시작한 나는 잠이 오지 않았다. 심장박동이 빨라지고 시야가 희미해지면서 땀이 났다. 다시 약을 하고 싶은 갈망에 입안이 타들어가는 것 같았다. 국장에게 엑스터시를 달라고 부탁했다. 엑스터시는 열 시간 정도 강하게 약효가 지속되었다. 잠을 못 자는 한이 있더라도 가능한 한 오랜 시간 현실을 망각할 수 있다면 더 바랄 것이 없는 상황이었다. 하지만 국장은 엑스터시를 주지 않았다. 자신도 약을 먹지 않고 맨 정신으로 세상에서 가장 해괴한 짓을 벌이기 시작했다.

그는 어디선가 상자를 가지고 왔다. 그러곤 내 두 손을 등 뒤로 돌려 끈으로 묶고 밧줄을 꺼내어 가슴 부위부터 엉덩이까지 친친 감았다. 그리고 무릎을 구부리게 하고 양 발목을 붙여 묶은 뒤 발목과 손목을 연결시켜 수갑을 채웠다. 나는 꼼짝없이 결박되어 엎드린 것도 아니고 모로 누운 것도 아닌 불편한 자세로 침대에 던져졌다. 끔찍스러운 고통에 온 얼굴이 일그러졌다. 하지만 그는 거기에서 멈추지 않았다. 내 입에 탁구공만 한 빨간 고무공을 집어넣고 재갈을 물리듯 입에 가죽으로 된 마스크를 씌웠다. 나는 너무나 괴로웠다. 몸부림을 칠수록 온몸의 뼈마디가 으스러질 듯 아파 눈물이 줄줄 흘러내렸다. 뒷목이 빳빳하게 굳는 것을 느끼며 제발 풀어달라고 애원하는 눈빛으로 그를 쳐다보았다. 하지만 그는 엉뚱한 말을 지껄여댔다.

"아! 너무나 아름다워! 너무나 사랑스러워!"

국장은 감탄사를 연발하며 자신의 성기를 꺼내 주무르기 시작했다. 나는 속으로 이 변태새끼! 지옥으로 떨어져라! 하고 울부짖으며 그를 노려보았다. 하지만 그가 풀어주지 않으면 영원히 그렇게 있어야 할 것만 같았다. 아니 그가 그대로 방치해버릴지도 모른다는 두려움이 밀려들었다. 나는 살아야 했다. 몸에서 힘을 빼고 시체처럼 가만히 있었다. 팔다리가 저리고, 등이 결리고 현기가 일었지만 꼼짝하지 않았다. 그러자 어느 순간 온몸이 뻣뻣하게 굳으며 감각이 마비되는 것이 느껴졌다. 나는 거의 무아의 상태에 놓여 그가 하는 짓거리를 물끄러미

처다보았다. 무성영화의 한 장면을 보는 것 같았다. 그는 정액을 내 몸 위로 뿌린 뒤에야 뭐라고 중얼거리며 나를 풀어주기 시작했다. 내 몸뚱이는 도마 위에 올려진 고깃덩이 같았다. 그의 손길에 의해서만 움직일 수 있었다. 그의 결박에서 풀려난 나는 저릿저릿 온몸의 감각이 되살아나는 순간 컥컥 울음을 터뜨렸다. 인간의 소리가 아닌 괴상한 울음소리였다. 나는 그에게 저주를 퍼부을 의지커녕 기력조차 완전히 잃고 잠에 빠져들었다.

늦어도 정오까지는 도착할 거라던 다이애나는 왜 아직도 나타나지 않는지. 나는 극도로 불안했다. 당장이라도 국장이 수화기를 들고 와 다이애나에게 전화가 왔으니 받아보라고 할 것만 같아, 다이애나가 또다시 하루만 더! 하고 말할 것 같아 안절부절못했다. 나는 더 이상 참지 못하고 밖으로 나갔다. 잠시 두리번거리다가 주춤주춤 앞마당을 가로질러 길을 따라 걷기 시작했다. 점점 발걸음을 빠르게 옮기다가 내처 달음박질을 쳐댔다. '사유지 출입금지' 기둥 앞에 이르러서야 가쁜 숨을 한번 몰아쉬었다. 그러곤 다시 근육에 경련이 일어 다리를 절룩거리면서도 쉬지 않고 비탈길을 내려갔다. 그러다가 다이애나의 검은 벤츠가 길을 따라 올라오는 것을 발견하며 무너지듯 땅바닥에 주저앉았다.

다이애나는 내가 사동차에 타자마자 물었다.

"왜 여기에 있어?"

나는 그걸 몰라서 묻느냐고 따지고 싶었지만 아무런 대답을 하지 않았다. 자꾸만 눈물이 흘렀다. 그녀가 답답한 듯 다시 말을 걸었다.

"내가 조금 늦었지?"

나는 다이애나에게 시선을 주지 않은 채 떨리는 소리로 대답했다.

"아무 말도 하기 싫으니 그냥 조용히 가요."

그러나 다이애나는 계속 말을 걸었다.

"어쩌겠어?"

나는 이 년 전 장에게 확인했던 말을 떠올리며 대꾸했다.

"네, 어쩌겠어요. 가진 게 없으니 몸으로라도 때워야지요. 오라면 오고, 가라면 가고, 기라면 기고, 누우라면 눕고, 빨라면 빨고, 시키는 대로 다 해야지요."

"가진 게 있어도 쉽지 않은 일이야."

"그렇다면 위안이 되네요."

"정민수, 이정주 걔네들이 그 자리를 그냥 얻은 줄 알아? 박윤하고 일 년 이상을 한집에서 같이 살았어. 성우는 국장이 놓아주지 않아서 톱스타가 되고서도 내내 불려 다녔고. 그래도 국장이 고마운 사람이라고 하더라. 덕분에 군대도 안 가도, 부모님께 집도 사주고, 빌딩도 사고, 온 가족이 가난에서 벗어날 수 있게 되었다고. 너도 그러고 싶은 거 아니었어?"

다이애나는 소위 최고로 잘나간다는 스타들의 이름을 서슴없이 들먹였다. 그러면서 나의 치부를 건드렸다. 나는 다이애나가 악마 같았다. 화가 치밀어 거의 부들부들 떨면서 대꾸했다.

"내가 얼마나 끔찍한 일을 당했는지 알아요?"

"알아."

"그런데도 지금 그런 말이 나와요? 거짓말이라도 나를 좀 위로해주면 안 돼요?"

"위로? 징징거리지 마. 이런 상황은 나도 힘들어. 그리고 내가 왜 너를 위로해야 하는데? 이번 일이 네가 그동안 나를 속이고 마리를 만난 것에 대한 벌을 받는 거라는 생각은 안 들어?"

다이애나의 입에서 느닷없이 마리가 거론되자 나는 충격을 받았다. 가슴속에서 윽, 하는 소리가 나는 것 같았다. 아무 말도 못 하고 고개를 숙인 채 눈을 질끈 감았다. 다이애나가 작정을 한 듯 거침없이 말을 이었다.

"최일주 일도 내가 모를 줄 알았어? 우리가 다 박 실장하고 연결되어 있는 거 몰라? 그 사람 우리들 밑에서 불법적인 일만 맡아서 처리해주는 사람이야. 그리고 이런 말까지는 안 하려고 했는데, 국장의 부탁을 무시하면 바로 세무조사 들어와. 그러면 나도 너도 다 끝장이야. 그래도 이번 한 번에 끝난 걸 다행으로 알아. 그렇게 하려고 내가 얼마나 애썼는지 모를 거야. 게다가 군대까지 빼느라 얼마를 머리를 조아렸는지 알아?"

다이애나가 우리라고 지칭한 사람들이 누구인지 알 것 같았다. 장을 비롯해 이 년 전 데미안에 모여 포커를 치던 멤버들일 터였다. 그렇다면 이제 나도 그 우리에 속하는 사람이기에 박 실장이 말을 높인 것이었다.

나는 두려웠다. 이렇게 칭얼거릴 때가 아니라는 생각이 들며 정신이 번쩍 났다. 다이애나의 입에서 마리의 이름이 다시 거론되지 않기만을 바라며 눈치를 살폈다. 오피스텔에 도착해 차에서 내릴 때는 다이애나가 아무 일도 없었던 거처럼 "며칠 푹 쉬면서 마음 추스르고 다음 주 신상품 촬영 늦지 않게 가." 하고 말하자 나 역시 아무 일도 없었던 것처럼 "네, 그럴게요." 하고 고분고분하게 대답했다.

그러나 나는 결코 푹 쉴 수 없었다. 계속해서 눈물이 흘렀다. 수치심에 몸을 떨며 잠을 잔 것 같기도 하고, 안 잔 것 같기도 한 가수면 상태로 며칠을 보냈다. 다이애나가 집 안 어디에 몰래 카메라를 설치했을지도 모른다는 생각이 들어 마리에게 전화도 하지 못했다. 그렇다고, 의심을 살까 봐 밖으로 나갔다 올 용기도 없었다. 아니, 차라리 당분간 마리를 잊고 살기로 작정했다. 어쩌면 이대로 마리와 헤어지게 될지도 모른다는 생각도 했다.

나는 점점 더 불면에 시달렸고, 어쩌다 수면제를 먹고 겨우 잠이 들면 휴대폰 벨 소리가 환청으로 들려와 고통스러웠다. 잠결에서도 다이애나에게 전화가 온 것이라고 착각을 했다. 그래서 화들짝 일어나 휴대폰을 받았다. 그런데 실제로는 전화가 온 것이 아니었다. 그것을 확인했으면서도 나는 마구 뛰는 심장 부위를 손바닥으로 누르고 방 안을 서성거렸다. 그런데 그때에도 휴대폰 벨 소리는 계속해서 울려왔다. 열다섯 번을 울리다 끊기면 잠시 뒤 또 열다섯 번을 울리고, 또 끊기면 또 울리고, 또다시 끊기면 또다시 울리고. 나는 미칠 것 같았다. 단지 환청일 뿐인데도 실제 다이애나가 옆에 있으면 목을 졸라 죽여버릴 것 같았다. 멀쩡한 사람이 순식간에 돌아 살인을 저지르는 이유를 알 수 있을 것 같았다.

환청으로 들리는 휴대폰 벨 소리가 멈춘 뒤에야 나는 심호흡을 하며 다이애나를 향한 증오심을 겨우 가라앉혔다. 휴대폰을 아예 꺼버리고 다시 침대에 누웠다. 그러나 두 눈이 자꾸 휴대폰으로 가 닿으며 다이애나가 진짜 전화를 하면 어쩌나 강박이 일었다. 내가 불안장애가 생긴 걸까? 나는 그런 의심을 하며 다시 휴대폰을 켰다. 그러곤 이번엔 별별 터무니없는 생각에 시달리며 오피스텔 현관문을 주시했다. 다이애나가 느닷없이 문을 열고 들어와 뺨을 후려칠 것 같았고, 박 실장에게 쫓기던 마리가 뛰어 들어와 울음을 터뜨릴 것 같았고, 심지어 죽은 최일주가 나타나 잭나이프를 휘두를 것 같았다. 나는 점점 더 견딜수 없었다. 그리고 마침내 괴상한 복장을 한 국장이 오피스텔 문을 열고 들어오는 환각에 시달리며 괴성을 질러댔다. 괴성을 지르는 순간에도 귓가에는 쇠사슬이 바닥에 끌리는 듯한 소리가 밀려들었다.

불쾌한 소리였다. 눈을 뜨고 소리가 나는 곳으로 고개를 돌렸다. 소스라치게 놀라 자리에서 벌떡 일어섰다. 괴물처럼 변장을 한 남자가 손에 채찍을 들고 쿵쿵거리며 서 있었다. 두려움에 가득 찬 사람들을 번득이는 눈빛으로 내려다보고 있었다. 공포에 사로잡힌 나는 소파 뒤로 몸을 숨기고 숨을 죽였다. 괴물을 주시했다. 삐죽하게 솟은 귀, 쇠사슬을 친친 감은 손목, 검은 털이 뒤덮인 가슴, 울퉁불퉁 근육이 박힌 다리. 그의 모습을 자세히 살핀 난 신화 속 '아서 왕과 거인' 이야기가 떠올라 진저리를 쳤다. 남자는 비록 키는 작았으나 분명 신화 속 모습 그대로였다. 중세의 기사 아서 왕은 로마 원정을 가는 도중 한 거인에 관한 이야기를 듣게 되었다. 악마로부터 태어난 흉악한 거인이 칠 년 동안 사람의 아이를 잡아먹어 마을에 어린아이들이 없다는 이야기였다. 아서는 거인을 죽이기 위해 거인의 산으로 찾아갔다. 그때 거인은 마을의 한 여인을 잡아서 욕을 보이고 성기에서 배꼽까지 찢어 죽인 뒤, 그 시체의 발을 물어뜯이 먹으면서 열두 명의 신생아가 꽂혀 있는 꼬치를 불에 올려놓고 돌리고 있었다. 아서는 거인의 잔혹성에 분노했다. 있는 힘을 다해 거인에게 달려들었다. 거인의 채찍은 단번에 아서의 왕관을 날려버렸고 아서는 거인의 검은 성기와 배를 갈라 내장이 튀어나오게 만들었다. 하지만 승부는 좀체 나지 않았다. 두 사람은 피투성이가 되어 오랜 시간 산기슭을 굴러다녔다. 결국 마을 사람들이 하느님에게 기도를 한 덕분에 아서는 간신히 거인을 죽이고 생명을 건질 수 있었다. 거인은 하느님도 단죄를 내릴 수밖에 없는 악마였던 것이다. 나는 왠지 국장이 원래 저런 모습의 악마인데 변장을 하고 세상을 살고 있는 거라는 생각이 들었다. 그래서 그가 사람들에게 채찍을 휘두르기 시작하자 분노가 일었다. 무슨 수를 써서라도 그를 물리치고 사람들을 구해야 할 것 같았다. 우선 탁자 위를 살펴보았다. 아서 왕의 검처럼 길지는 않지만 단검들이 여러 개 놓여 있었다. 살금살금 기어가 그중 하나를 손에 든 나는 용감한 아서 왕을 떠올리며 자리에서 벌떡 일어났다. 검을 높이 치켜들고 이 악마 내 검을 받아라! 하고 외쳤다. 마치 나 자신이 아서 왕이 된 기분이었다. 아니, 남자를 향해 달려가는 나는 아서 왕이었다. 하지만 어찌 된 일인지 내가 아무리 단검을 휘둘러 남자를 베어도 남자는 끄떡없었다. 여전히 쿵쿵거리며 채찍을 휘두르고 있었다. 뿐만 아니라 바닥에 쓰러져 꿈틀거리는 사람들조차 남자의 채찍질에 아무런 고통도 느끼지 않는 거였다. 나는 도무지 사람들을 이해할 수 없었다. 남자를 공격하는 일을 멈추고 뒤돌아서서 우두커니 사람들을 내려다보았다. 그때, 누군가 크게 웃음을 터뜨리며 나에게 소리쳤다. 뭐 하고 있는 거야? 나는 목소리의 주인이 다이애나라는 걸 직감하며 내 손을 내려다보았다. 포크 두 개가 들려 있었다.

밤마다 똑같은 환영에 시달리던 나는 결국 불안을 이겨내지 못하고 암페타민을 입에 넣고 삼켰다. 그러자 내 목소리는 늘어진 테이프를 틀었을 때처럼 흘러나왔고, 내 두 손은 허공을 휘젓기만 했다. 그리고 입은 뻐끔거리기만 했고 두 팔은 침대 위로 축 늘어져버렸다. 냉동실에 머리통을 밀어 넣은 것처

럼 뇌 속이 시원한 기분이 들면서 갑자기 온몸에서 힘이 빠져

나갔다. 나는 곧이어 전신이 물컹하고 끈적거리는 물질에 싸여

있는 느낌에 사로잡혔다. 그러자 눈앞에 마리의 환영이 서 있

있다. 그녀는 내 두 눈을 반복해서 쓸어내렸다. 그녀에 의해 눈

이 감긴 나는 힘이 없어 눈을 감고 있었다. 그렇게 오직 들려오

는 소리만으로 그녀의 행동을 감지했다. 지퍼를 내리는 소리,

옷가지 집어 던지는 소리, 침대에 눕는 소리, 내 몸에 살갗을 비

비는 소리, 가느다란 신음에 섞여 간간이 흘러나오는 흐느끼는

소리, 그리고 어느 순간 그 흐느낌을 멈추고 졸린 듯 나른한 음

성으로 중얼거리는 소리.

"기연 씨, 너무 힘들어. 이제 그만 헤어지자."

그런데도 나는 비몽사몽 나를 가만히 내버려두었으면 좋겠

다는 생각만 했다. 내가 무슨 말을 하고 있는지도 모르면서 무

의식적으로 고개를 끄덕이고 무슨 소리인지도 모를 말을 횡

설수설 지껄이며 마리의 환영에 안겨 깊은 잠 속으로 빠져들

었다.

그리고 나는 창으로 스며든 햇살에 눈이 시린 탓에 매번 정

오를 십 분쯤 남겨놓은 시간에 눈을 떴다. 그 뒤엔 멍하니 지금

이 현실인지 꿈인지 가늠했다. 현실임을 파악하면 이마를 잔뜩 찌푸리고 간밤의 일을 하나하나 떠올려보았다. 정오부터 저녁 8시 정도까지만 생생하게 기억났다. 실내를 둘러보면 어김없이, 탁자 위에는 휴대폰이 놓여 있었고 바닥에는 타이레놀 약통이 떨어져 있었다. 우연히 얻게 된 암페타민 몇 알을 넣어두었던 플라스틱 통이었다. 나는 한숨을 내쉬며 자리에서 일어나 혹시나 하고 휴대폰을 확인했다. 간밤에 분명히 다이애나에게 수없이 전화가 온 것 같았는데, 역시 최근기록엔 아무것도 남아 있지 않았다. 1588로 시작되는 광고문자만 서너 개 들어와 있었다.

그런 나날이 이어지던 어느 날 오전, 정말로 누군가 오피스텔 문을 열고 들어왔다. 나는 소스라치게 놀라 이불을 뒤집어썼다. 다행히 케이였다. 그는 엉망으로 흐트러진 내 모습을 보며 이맛살을 찌푸렸다. 나는 그제야 시계를 보며 날짜를 확인했다. 케이는 바닥에 뒹굴고 있는 타이레놀 약통을 들고 고개를 내저었다. 그러곤 어딘가로 전화를 했다. 나는 케이에게 물었다.

"어떻게 들어왔어요?"

"다이애나가 키 번호 알려주며 가보라고 하더라."

나는 쳇 미친년, 하고 혼잣말을 내뱉었다. 그러자 케이가 말했다.

"무슨 일이야?"

"……"

내가 대답을 하지 않자 케이가 넘겨짚고 말했다.

"국장 그 새끼 때문이지?"

"……"

나는 모든 것이 귀찮아 눈을 감아버렸다. 케이도 더 이상 말을 걸지 않았다. 대신 누군가에게 한 번 더 전화를 걸어 어디쯤 왔느냐고 물었다. 나는 그대로 눈을 감은 채 누가 오기로 했느냐고 케이에게 물었다. 케이는 영양제 놔주러 의사가 올 거라고 알려주었다. 그러곤 실내를 대충 치운 뒤 소파에 앉아 텔레비전을 켰다. 텔레비전에서 흘러나오는 뉴스 속 아나운서의 말소리를 들으면서 나는 점차 현실성을 되찾아갔다. 케이가 "아이고, 저 자식 저렇게 될 줄 알았어!" 하고 외칠 때는 눈을 뻔쩍 뜨고 텔레비전을 응시했다. 화면 속에는 많은 팬을 몰고 다니는 록 가수가 향정신성 의약품인 LSD를 복용한 혐의로 검거되어 끌려가는 장면이 생생하게 비치고 있었다. 얼마 전 그 가수의 브로마이드 작업을 했다는 케이는 혀를 차며 말했다.

"세 번째야. 이젠 완전히 끝장났네. 자식, 볼 때마다 그렇게 잔소리를 해대도 안 듣더니."

나는 갈증이 일었다. 침대에서 일어나 비척거리며 걸어가 냉장고를 열고 생수를 꺼내 마셨다. 그때, 초인종이 울렸다. 케이가 인터폰을 확인하고 달려가 문을 열자 한 남자가 실내를 살피며 조심스럽게 들어왔다. 나는 머리를 매만지며 그에게 고갯짓으로 인사를 했다. 그가 탁자 위에 가방을 올려놓고 뭔가를 준비하는 사이 케이가 나를 돌아보며 침대에 가서 누우라는 손짓을 했다. 나는 영양제라는 케이의 말을 믿었지만 그래도 조금 어리둥절했다. 왜 갑자기 영양제를 맞으라는 건지. 의사는 내 혈관에 주사를 꽂아놓고 바로 돌아갔다. 나는 그가 오피스텔 문을 열고 나가자마자 케이에게 물었다.

"무슨 영양제예요?"

"비타민이라고 생각해."

"비타민이요?"

"정말 몰라서 물어?"

나는 그 이유를 정말 몰랐기에 케이를 멀뚱히 올려다보았다. 케이가 나를 빤히 쳐다보며 대답했다.

"약 세척제라고 생각해."

나는 케이의 시선을 피했다. 이마에 팔을 얹고 얼굴을 최대한 가렸다. 내가 왜 이 지경까지 되었는지 눈물이 났다. 이제는 마리의 해맑은 얼굴도 똑바로 쳐다보지 못할 것 같았다.

다음 날, 케이의 스튜디오로 향하면서도 나는 마리에게 연락을 하지 못했다. 세상이 아브락사스의 정원이라고 말하는 그녀이니 내가 연락을 못 해도 이해해줄 거라고 스스로를 위로하며 스튜디오 안으로 들어갔다. 다이애나 밑에서 일하는 디자이너들이 먼저 도착해 있었다. 그들은 내 몸이 몸치수를 잴 때보다 너무 말랐다고 투덜거리면서도 릴리스 제품을 하나라도 더 입히려고 애썼다. 하지만 케이는 "맙소사! 얼굴까지 옷으로 포장을 하네!" 하고 외치며 못마땅한 시선으로 쳐다보았다. 그들이 촬영할 준비를 끝내고 나에게서 물러나자 케이는 나를 다른 방으로 데리고 들어갔다. 그리고 그곳에서 두 디자이너가 입혀놓은 옷을 다 벗겨버리고 팬티 위에 슈트와 슬랙스만 걸치게 했다. 머리카락도 손으로 적당히 흐트러뜨렸다.

달라진 내 모습을 본 디자이너들은 입을 쩍 벌렸다. 그들의 의견의 무시해버리는 케이에게 거칠게 항의했다. 그들은 나에게 다시 옷을 입히려고 애썼지만 케이는 그들을 스튜디오 밖으로 내쫓아버렸다. 그들이 다시 들어오려고 하자 문을 아예 걸어 잠그고 촬영을 시작했다. 나는 다이애나를 떠올리며 물었다.

"이래도 되겠어요? 다이애나가……."

"걱정하지 마. 다이애나하곤 이십 년째야."

"이십 년이나요?"

"그럼, 뉴욕에서 같은 학교 다니고, 한국에 와서도 같은 계통의 일을 하다 보니까 그렇게 됐어. 지금도 예쁘지만 예전엔 굉장했지."

나는 그 예쁜 모습 뒤에 악마가 도사리고 있다고 외치고 싶음 마음을 억누르며 포즈를 취했다. 케이는 신들린 듯 셔터를 눌러대며 촬영에 몰두했다. 제대로 잠을 못 잔 나는 빨리 끝내

고 싶었지만 그의 열의에 눌려 몇 벌의 옷을 갈아입으며 두 시
간 이상을 꼼짝없이 서 있었다. 잠시도 쉬지 않고 셔터를 누르
던 그가 박수를 치며 "오케이! 수고했어!" 하고 외치자 무너지
듯 바닥으로 드러누웠다. 그리고 어이없게도 그대로 잠이 들어
버렸다.

누군가 조심스럽게 옷을 벗기는 느낌에 눈을 뜬 나는 내가
누워 있는 곳이 어딘지 몰라 어리둥절했다. 코 고는 소리에 스
튜디오가 무너지는 줄 알았다는 케이의 농담에 퍼뜩 정신을 차
렸다. 릴리스에서 온 두 명의 남자는 옷이 구겨졌다고 투덜거
렸다. 그 투덜거림은 정작 의상을 입고 잠든 나보다 케이를 향
한 비난이었다. 내가 잠들어 있는 동안에도 내내 케이가 스튜
디오 문을 열어주지 않아 애를 태우며 밖에서 기다린 모양이었
다. 그들이 의상을 챙겨 스튜디오를 나가자 케이는 "멍청이들!"
하고 중얼거렸다. 나는 옷을 입으며 케이에게 말했다.

"죄송해요."

"괜찮아. 그런데 말이야, 기연 씨는 볼수록 이수하고 닮았
어."

"이수라뇨?"

"다이애나의 남편 말이야."

"......."

"내가 기연 씨 처음 봤을 때 얼마나 놀란 줄 알아? 다이애나와 함께 내 앞으로 걸어오는데 난 정말 그 친구가 살아서 돌아온 줄 알았어."

"남편이 있었어요? 그런데 왜 죽었는데요?"

"사인은 정확히 몰라. 둘이 함께 등산 갔다가 다이애나만 돌아왔거든."

"그래요?"

"그래서 무수한 소문이 나돌았었어. 왜냐하면 그때 이수가 다른 여자를 만나고 있었거든. 그런데 갑자기 추락사를 했다는 거야. 그러니 다이애나가 산으로 데리고 가 아래로 밀어버렸다는 소문이 난 거지. 그런데 재밌는 건 얼마 지나지 않아 이수가 만나던 여자도 교통사고로 죽은 거야."

나는 마음이 복잡했다. 어쩌면 영원히 다이애나를 벗어날 수 없을지도 모른다는 두려움이 엄습했다. 다이애나와 운명처럼 얽혔다는 생각에 고개를 내저으며 재킷을 걸쳤다. 그때 케이가 아, 참! 하고 다시 말을 이었다.

"그런데 왜 오유라 드라마 캐스팅 거절한 거야? 내가 그렇게 충고했는데."

무슨 말인지? 너무 어처구니없어 나는 한참을 생각해야 했다. 그러자 처음엔 뜬금없이 들리던 케이의 말이 점차적으로 머릿속에서 정리되었다. 화가 치밀어 올랐다. 다이애나가 나를 통제하고 있는 건 알고 있었지만 내가 그토록 원하는 것을 묵살할 줄은 미처 몰랐다. 케이는 나의 표정을 살피며 말했다.

"몰랐어? 파리 무대로 진출하기로 되어 있어서 거절했다던데?"

절망스러웠다. 나는 휴대폰을 꺼버리고 며칠을 보냈다. 그러곤 거리를 헤매다가 무작정 다이애나를 찾아갔다. 그녀는 퇴근을 하기 위해 외투를 입고 있었다. 내가 노크도 없이 쇼룸을 열고 들어가자 깜짝 놀라며 나를 쳐다보았다. 나는 그녀 앞으로 다가가 팔짱을 끼고 버티고 서서 따지듯 입을 열었다.

"드라마 섭외 온 거 거절하셨다고요?"

"응, 그랬어."

"제가 그토록 원하던 건데, 왜요?"

"아직은 아닌 거 같아서."

"그래요? 다른 이유가 있는 건 아니고요?"

"다른 이유도 있지."

"그게 뭔데요?"

"파리에 같이 가려고."

"누구 맘대로요?"

"내 마음대로. 다 널 위해서야. 그게 싫으면 그만둬."

"나를 위해서요? 당신을 위해서겠죠. 내가 당신 죽은 남편하고 그렇게 닮았다면서요?"

순간, 다이애나는 이 세상에서 가장 화가 난 사람처럼 굴었다. 하얗게 질린 다이애나의 얼굴을 보자 나는 덜컥 겁이 났다. 아킬레스건을 건드렸다는 생각이 들었다. 그래도 이 정도로 이성을 잃고 날뛰는 모습을 보게 될 줄은 몰랐다. 충격을 받은 그녀는 아악, 비명을 지르며 나에게 달려들었다. 당황한 내가 두 팔을 잡고 날뛰는 것을 막자 온몸을 부들부들 떨며 고함을 질렀다.

"비열한 자식! 나가! 당장 나가! 두 번 다시 내 앞에 나타나지 마!"

나는 또다시 다이애나와 단절되어 오피스텔에 틀어박혔다. 난 한 걸음도 문밖으로 나가지 않고 앞으로 어떻게 살 것인지 고민했다. 모든 것을 잊고 뱃사람이 되어 세상을 떠돌아다녀야겠다는 생각까지 했다. 하지만 케이가 찍은 내 모습이 표지로 실린 잡지가 나오자 인내심을 잃고 말았다. 무슨 수를 써서라도 다이애나의 노여움을 풀어주어야 할 것 같았다. 그렇다면 어떻게 해야 하는지, 나는 정신을 집중해 여러 가지 방법을 모색해보았다. 무조건 용서를 비는 것, 그 한 가지뿐이라는 결론에 이르렀다. 하루 종일 끙끙대다가 결국 다이애나에게 문자를 보냈다. '제가 잘못했어요.' 그런데 놀랍게도 다이애나가 바로 전화를 했다. 나는 어리둥절했지만 지체 없이 전화를 받았다. 다이애나는 지난 일주일을 현실에서 뚝 떼어내버린 듯 담담하게 말했다.

"급히 결정할 일이 있으니까 집으로 와."

다이애나의 말에 나는 어떤 일인지 묻지도 않고 대답했다.

"금방 갈게요."

다이애나의 아파트에는 그녀 혼자 있었다. 웬지 윤이 보이지 않았다. 아파트 안으로 들어가자마자 그녀는 나에게 시선을 주지 않고 마치 동사무소 직원이 서류를 내주듯 사무적으로 묵직한 서류 봉투를 내밀었다. 나는 말없이 그것을 받아 들고 소파에 앉았다. 그리고 그녀가 무슨 말인가 해주기를 기다렸다. 그러나 그녀는 창 쪽으로 고개를 돌린 채 나를 쳐다보지 않았다. 그녀의 침묵에 불안감을 느끼며 나는 서류 봉투를 열어보았다. 영화 시나리오였다. 나는 의아한 시선으로 그녀를 향해 물었다.

"영화 시나리오네요?"

"다음 달부터 촬영에 들어가야 하는데 주연으로 캐스팅된 신인배우가 교통사고를 당했대."

"……."

"모레까지 결정을 해달래."

"제가 어떻게 했으면 좋겠어요? 파리에 가자면서요? 다이애나가 시키는 대로 할게요."

"감독이 괜찮은 사람이니까 나쁠 건 없을 거야. 읽어보고 알아서 결정해. 파리는 나 혼자 다녀올 거야."

"고마워요."

"고마울 거 없어. 그 대신 확실하게 약속해. 두 번 다시 나를 힘들게 하지 않겠다고."

여전히 나의 시선을 피한 채 말을 하고 있는 그녀에게 나는 아무런 감정 없이 대답했다.

"네, 알았어요."

나는 대답을 하며 이제 다이애나를 향한 나의 감정이 예전과 같지 않은 걸 느꼈다. 나를 쳐다보는 것이 고통스러워 애써 외면하는 그녀의 모습을 보면서도 아무런 연민이 일지 않았고, 그녀가 턱없이 섹시해 보이지도 않았다. 무엇보다도 그 짧은 순간, 나는 이런 생각을 했다. 다이애나에게 있어 나는 죽지 않으면 끝나지 않을 애증의 대상이고. 나에게 있어 다이애나는 아브락사스의 정원을 거닐게 하는 아르테미스라고. 어떤 경우에도 나보다 그녀가 더 깊은 상처를 입게 될 거라고. 그러니 내가 쩔쩔맬 필요는 없다고.

영화는 보름 뒤, 크랭크인 되었다. 나는 모든 것이 낯설고 힘들었지만 온 힘을 다해 배워가며 내가 맡은 인물 속으로 빠져들기 위해 애썼다. 다행히 감독은 타고났다면서 칭찬을 많이 했다. 덕분에 조명이 켜지고 감독의 사인과 함께 카메라가 돌아가도 떨지 않고 연기를 할 수 있었다. 모델이 의상과 일체감을 이뤄내는 작업이라면 연기는 배역과 일체감을 이뤄내는 작업이 아닐까 하는 생각을 하면서 최선을 다했다.

내가 그렇게 영화 촬영으로 정신이 없을 때 다이애나는 파리로 갔다. 그녀는 파리로 가기 사흘 전, 오피스텔로 나를 찾아왔다. 한동안 만나지 않아 서먹서먹했다. 하지만 그녀는 역시 매일 만났던 사람처럼 굴었다. 나는 그녀가 번번이 그런 식으로 위기를 넘기는 이유가 궁금했다. 나와 완전히 헤어지지 않을 바에야 그런 대립이 쓸데없는 소모전이라는 것을 알고 있기 때문인지, 정상인이 아니라서 문제의 핵심을 파악하지 못하기 때문인지. 그래도 나는 그녀에게 직접 묻지 않았다. 오히려 마음속으로만 거리감을 유지하며 겉으로는 다정하게 대했다. 그런식으로 이제 슬슬 관계를 끊어야 한다는 생각뿐이었다.

어쨌든 그녀는 릴리스 신상품 슈트 두 벌을 가지고 왔다. 나는 그 어느 때보다 기분 좋은 표정으로 그것을 반기며 그녀에게 고마움을 표시했다. 그러곤 그 자리에서 슈트를 걸쳐보았다. 그러면서도 그녀가 섹스를 원하면 어쩌나, 걱정을 했다. 그러나 그녀는 왠지 그런 낌새를 보이지 않았다. 나와 마주 보고 앉아 요즈음 파리나 뉴욕에서 열리고 있는 컬렉션들의 이모저모를 이야기했다. 사뭇 진지하게 파리에서의 쇼를 잘 치르고 싶다는 속마음을 내비치기도 했다. 나는 일에 대한 열정이 담긴 그녀의 이야기를 들으면서 문득 내 앞에 앉아 있는 여자가 정말로 내가 알고 있는 다이애나인지 의심했다. 반면에 그녀의 이중성을 모르는 세상은 그녀의 이런 면만을 보고 그녀를 훌륭한 여성으로 알고 있다는 생각에 쓴웃음이 나왔다.

다이애나가 돌아가겠다고 자리에서 일어났을 때, 나는 그녀를 잡아야 할지 말아야 할지 망설였다. 그녀가 그런 얘기만을 하기 위해 나를 찾아오지는 않았을 거였다. 나는 그녀가 파리로 갈 때까지 편안하게 지내고 싶은 속셈으로, 또한 뭔가 나에게 좋은 일감이 있는데 다이애나가 그것을 연결시켜줄까 말까 망설이고 있는 것 같아 마음에도 없는 제안을 했다. 그것이 불가능한 일이라는 것을 뻔히 알면서도 말이다.

"내일 하루 촬영이 없는데 나와 여행 가지 않을래요?"

"어쩌나? 나도 그랬으면 좋겠는데 오늘 오후에 파리에서 손님이 오기로 되어 있어."

"할 수 없지요, 뭐. 중요한 손님예요?"

"응, 이번 파리 쇼 홍보를 맡아줄 사람이야. 디자이너의 아이덴티티를 정확히 파악해야 구체적인 전략을 짤 수 있다고 하니 파리에 갈 때까지 내내 그와 함께 움직여야 해."

"그러면 나는 잠이나 실컷 자야겠네요."

잠시 나를 빤히 쳐다보던 다이애나가 마침내 말했다.

"그럼 이렇게 하자. 내일 정오쯤 릴리스로 나와. 대국 신제품 남성 향수 모델로 신인배우 한두 명이 물망에 올랐다는 정보가 있어. 개런티도 엄청나고 내 생각에 잘하면 세계적인 스타로 떠오를 수 있는 기회일 것 같아. 그러니까 내일 나하고 마틴, 대국 전무이사하고 저녁 약속이 있는데 함께 가는 게 좋겠어."

"저녁 약속이라면서 왜 정오쯤에 나오라고 해요?"

"낮엔 내가 자리를 피해줄 테니까, 마틴에게 덕수궁 구경 좀 시켜주고 저녁 시간에 맞춰 약속장소로 그와 함께 와. 대국에서 그 향수를 파리 시장에 홍보하기 위해 마틴과 계약을 맺고 싶어 해서 내가 주선하는 자리야. 마틴의 한마디면 모델 자리를 차지할 수 있을 거야."

"덕수궁에만 다녀오면 되는 거예요?"

"응. 큰 건수니까, 무슨 일이 있어도 마틴 눈에 들도록 해."

나는 무슨 일이 있어도 마틴 눈에 들도록 하라는 다이애나의
말이 마음에 걸렸지만 거절하고 싶지 않았다. 이젠 어떤 일이
라도 두려운 게 없었다. 다이애나가 오피스텔을 나간 뒤 케이
와 통화를 한 나는 정말 무슨 일이 있어도 마틴에게 잘 보여 대
국의 향수 모델이 되어야겠다는 생각에 사로잡혔다. 케이의 말
에 의하면 마틴은 파리에서 엄청난 영향력을 가지고 있는 인물
이었다.

마틴은 화려한 경력과는 달리 평범한 느낌을 풍기는 중년의
프랑스 사람이었다. 하지만 나는 그와 시간을 보내면서 그의
부드럽고 온화한 외모 속에 숨겨진 예리함을 읽을 수 있었다.
뿐만 아니라 다이애나가 자신은 빠지고 나와 마틴 단 둘이 덕
수궁을 다녀오게 한 이유를 알 수 있었다. 마틴은 게이였던 것
이다. 그는 나를 보자마자 스스럼없이 내가 자신처럼 게이인지
물었고, 내가 웃으면서 아니라고 하자 다행이라고 했다. 자신

은 지금 사랑에 빠지고 싶지 않은데 이렇게 매력 있는 동양 남자가 게이라면 큰일 날 일이라고 농담까지 했다. 나는 그가 무척 편안한 사람이라는 생각이 들었다. 덕수궁을 돌아보고 인사동까지 들러 다이애나가 기다리고 있는 약속장소에 도착할 때까지 그는 단 한 순간도 나에게 치근대지 않았다. 게이라면 우선 국장을 떠올리던 나는 뭔가 한 겹이 벗겨지는 느낌이었다. 인간의 악한 모습은 이성애와 동성애, 남자와 여자, 강자와 약자, 부와 가난 따위를 떠나 보다 근원적인 인간 개개인의 성정(性情) 때문에 생겨나는 것이라는 생각을 했다.

그리고 그 사흘 뒤, 대국 측으로부터 정식으로 신상품 향수 모델이 되어달라는 제시를 받은 나는 무척 기뻤다. 반면에 살얼음판을 걷는 기분에 휩싸이기 시작했다. 이상하게도 다이애나가 나에게 전화를 해대는 시간이 항상 나에게 뭔가를 주고 난 뒤였던 것이다. 다행히 이번만큼은 다이애나가 나를 괴롭히지 않고 파리로 떠났다.

그토록 다짐을 했건만, 나는 다이애나가 파리로 떠나자 더 이상 견디지 못하고 마리에게 연락을 했다. 그러면 안 되는 줄 알면서도 어쩔 수 없었다. 그러나 마리는 전화를 받지 않았다. 하루 이틀이 지나고 일주일이 되도록 신호음만 울렸다. 나는 당장 마리에게 달려갈 수도 있었지만 애써 참으며 많은 생각을 했다. 차라리 마리를 위해 잘된 일이라고 나 스스로를 달랬다. 이제 마지막으로 한 번만 더 전화를 받지 않으면 두 번 다시 연락을 하지 않으리라 결심까지 했다. 그런데 그 마지막이라고 생각했던 바로 그 순간에 마리가 운명처럼 전화를 받았다. 마리는 전화를 받자마자 엉엉 소리 내어 울음을 터뜨렸다. 우리가 그렇게 그냥 끝난 줄 알았다고, 죽고 싶은 마음뿐이었다고, 아무것도 할 수 없었다고, 보고 싶으니 당장 달려오라고 어린아이처럼 떼를 썼다. 마리의 말을 들은 나는 거의 이성을 잃었다. 모든 것을 다 잃는다 해도 어쩔 수 없다는 심정으로 마리에게 달려갔다. 그리고 그 일주일 뒤, 나는 무리인 줄 알면서도 마리를 오피스텔로 불러들였다.

그런데 그것이 더 큰 문제가 되었다. 처음 오피스텔로 들어선 마리는 눈을 휘둥그레 뜨고 "이렇게 좋은 데서 살았어?" 하고 외쳤다. 나는 그 말을 '어떻게 갑자기 이런 데서 살 수가 있지?' 하는 의심의 눈초리로 알아들었어야 했다. 그런데 마리와 함께 지낸다는 사실에만 정신이 팔려 아무 생각도 하지 못했다. 마리는 시간이 지날수록 점점 더 말이 없어지고 잘 웃지 않았다. 내가 밤샘 촬영을 하는 날엔 오피스텔에 있지 않고 자신의 집으로 돌아가 잠을 잤다. 나는 왜 불편하게 그러느냐고 말렸지만 그녀는 그냥, 하고 내 눈길을 피했다. 그러다가 어느 날 느닷없이 나에게 물었다.

"다이애나와 무슨 사이야?"

"무슨 사이긴?"

나는 그렇게 되물었으나 표정까지 감출 수는 없었다. 마리는 예리했다.

"기연 씨는 거짓말할 때 먼저 한 번 눈을 꾹 감고 말하는 거 알아?"

"내가?"

"응, 보통 눈동자가 흔들리거나 눈길을 피하는데 눈을 감아."

"너무 황당한 이야기를 하니까 놀라서 그러지. 거짓말 아니야."

"그래? 알았어."

무엇 때문인지 마리는 거기까지 추궁하고 그만두었다. 그러 곤 일주일 뒤 다시 말했다.

"내가 지금 당장은 기연 씨와 헤이질 수가 없어. 아직 마음의 준비가 안 되었거든. 그래서 이번엔 그냥 넘어갈게. 하지만 계 속 다이애나와 그런 사이를 유지한다면 내 마음도 곧 달라질 거야."

나는 긍정도 부정도 아닌 애매한 대답을 했다.

"무슨 말인지 알았어. 그런데 나와 다이애나는 마리가 생각 하는 그런 사이가 아니라는 것만은 알아줬으면 해."

내일 오후 3시 대표님 귀국, 하고 윤이 문자를 보낸 것은 일 요일 밤이었다. 나는 불안한 마음을 가눌 길 없어 안절부절못 하고 방 안을 서성거렸다. 한동안 잠들어 있는 마리를 내려다 보고 서 있다가 소파에 앉아 마음을 가라앉히기 위해 심호흡 을 했다. 불안감이 쉽게 가시지 않았다. 나는 휴대폰에 저장되 어 있는 음악 파일을 열고 이어폰을 귀에 꽂았다. 뮤지컬 영 화 〈어둠 속의 댄서〉에서 셀마로 등장한 비요크의 노래 〈Scat-terheart〉를 선곡하여 들었다. 영화는 억지스러운 느낌이었지만 가사가 절절하게 가슴속으로 파고들었기에 즐겨 듣는 노래였다. 마리를 향한 내 마음이 고스란히 담겨 있는 것 같아 나는 노래가 끝날 때까지 그대로 얼어붙어 앉아 있었다. 눈물이 떨어지는 동안의 시간에, 뱀이 허물을 벗을 동안에, 나를 용서할 시간이 될까요. 나를 용서해요. 눈물이 떨어지는 동안의 시간에, 심장이 한 박자 쉬는 동안에, 뱀이 허물을 벗는 동안에, 장미의 가시가 자라는 시간이 될까요. 나를 용서해줄. 정말 미안해요.

시간이 지나자 불안한 마음은 어느 정도 가셨지만 대신 우울감이 밀려들었다. 나는 옷을 벗어 던지고 조심스레 마리의 몸 위로 기어 올라갔다. 마리야, 하고 부르며 그녀의 입술을 빨았다. 처음엔 아무 반응이 없던 마리가 신음을 내기 시작하며 턱을 내밀고 내 아랫입술을 자신의 입안으로 넣어 가볍게 깨물었다. 나는 그녀의 옷을 벗겨 침대 밖으로 던졌다. 그때 그녀가 잠에서 덜 깨어난 듯 눈을 뜨지 못한 채 "배란기야, 가방 안에 있어." 하고 콘돔을 하라는 표현을 했다. 나는 내 성기를 손으로 잡아 그녀의 질 입구에 대고 "직접 하지 않을게." 하고 속삭였다. 하지만 나는 이내 그녀의 질 안에 찔끔찔끔 정액을 흘려버렸다. 그러곤 "나 그냥 하고 싶어!" 하고 말했다. 그녀의 몸 안에 사정을 하면 안 된다는 것을 알고 있었지만 왠지 성기를 빼기가 싫었던 것이다. 무슨 이유에선지 그녀가 내 몸을 힘주어 안으며 "그냥 해줘." 하고 속삭이는 순간 나는 그대로 폭발하듯 정액을 뿜어냈다. 내가 어쩌자고 배란기인 그녀 몸 안에 사정을 한 것인지. 또 그녀는 어쩌자고 나의 정액을 배란기인 자신의 몸 안으로 받아들인 것인지.

다이애나가 오늘 온대. 나의 그 한마디에 마리는 그래? 알았어, 하고 짐을 쌌다. 마리는 집으로 돌아가는 내내 한마디도 안했다. 나는 그런 마리를 보는 것이 괴로웠다. 애써 밝은 목소리로 이런저런 얘기를 하며 마리의 눈치를 살폈다. 그리고 내가 왜 이렇게 살아야 하나, 하는 생각에 한숨을 내쉬기도 했다. 나의 한숨 소리를 듣고 마리가 나를 위로해주기를 바라는 마음도 없지 않았다. 그러나 마리는 끝내 침묵했다. 나는 무거운 마음으로 마리를 집 앞에 내려주고 영화 촬영장으로 향했다. 촬영을 하는 동안에도 내내 마음이 편치 않았다. 점점 더 다이애나가 원망스러웠다.

다이애나는 보랏빛 코트를 입고 공항 대기소로 나왔다. 당분간 만나지 못할 거라는 나의 말에 시무룩한 표정을 짓던 마리를 떠올리며, 또한 계속 다이애나와 그런 사이를 유지한다면 자신의 마음도 곧 달라질 거라는 마리의 말을 떠올리며 나는 다이애나를 맞았다. 다이애나는 윤에게 짐을 건네고 이리저리 두리번거렸다. 그리고 나를 발견하자 곧장 내 쪽으로 다가왔다. 선글라스를 끼고 의자에 앉아 있던 나는 자리에서 일어나 그녀보다 앞서 건물 출입구 밖으로 나갔다. 사람들이 나를 알아보고 흘끔거렸기에 별수 없었다.

나는 일단 다이애나의 벤츠에 올라탔다. 내가 차 안에서도 안경을 벗지 않자 다이애나가 먼저 말을 건넸다.

"잘 지냈어? 이제 사람들 없으니까 안경 벗어봐, 얼굴 좀 보게."

나는 선글라스를 벗고 다이애나의 시선을 비스듬히 피하며 말했다.

"영화 촬영하느라 정신없어요. 지금도 도중에 나와서 빨리 가봐야 해요."

다이애나는 아무 말도 안 하고 있다가 허를 찌르듯 특유의 파탈적인 화법을 썼다.

"그런 말밖에 할 말이 없어?"

나는 당혹스러웠다. 감정이 대립되는 것이 싫어 얼른 마음에
도 없는 말을 그냥 주절거렸다.

"파리 소식은 들었어요. 좋은 반응을 얻었다는 기사도 읽었
어요. 마틴은 잘 있지요?"

그러나 그녀는 내가 자신에게서 한시라도 빨리 달아나고 싶
어 하는 것을 눈치챈 듯 응, 하고 짧게 대답한 뒤 입을 다물어
버렸다. 나는 이제 어쩌나, 고민이 되었지만 더 이상 다이애나
에게 말을 걸지 않았다. 갑자기 지긋지긋하다는 생각이 들었던
것이다. 그녀를 마중 나간 것도, 그녀와 빨리 헤어지기 위해 촬
영 얘기를 꺼낸 것도, 그녀의 반응을 살피며 노심초사하는 것
도, 그녀의 마음을 풀어주기 위해 입에 발린 소리를 하는 것도,
그 모든 것이 지겨웠다. 오직 시무룩한 마리의 얼굴만 떠올랐
다. 그래서 나는 선글라스를 다시 쓰며 차창 밖으로 시선을 돌
렸다. 한동안 어색한 침묵이 이어진 뒤 그녀가 물었다.

"오늘 촬영 언제 끝나?"

"잘 모르겠어요."

"끝나는 대로 와."

"밤샘촬영 하게 될 거예요. 수요일이 마지막 촬영이에요. 목요일 저녁에 갈게요."

수요일 마지막 촬영은 새벽 3시가 되어서야 끝났다. 나는 평소보다 유난히 피곤했다. 다이애나가 몇 번이나 전화를 걸어와 스트레스를 받은 탓이었다. 어차피 마리에게 갈 수 없다면 촬영 팀이 철수할 때 함께 돌아가야겠다는 생각을 한 나는 차 안에서 담요를 뒤집어쓰고 잠을 잤다. 그런데 얼마 뒤, 누군가 찾아왔다고 조감독이 흔들어 깨워 부스스 일어나 창밖을 내다봤다. 어둠 속에서 윤이 서성거리고 있었다. 윤은 말했다.

"지금 가시는 게 좋겠어요."

나는 인상을 쓰며 대답했다.

"내일 간다고 했잖아요. 어떻게 이렇듯 사람을 괴롭혀요?"

"오늘은 지시를 받고 온 게 아니라, 제가 걱정이 돼서 온 거예요."

마리와 함께 지낸 걸 다이애나가 알았구나! 그런 생각이 훅, 하고 스쳐갔지만 나는 짐짓 다시 물었다.

"무슨 걱정이요?"

"기연 씨도 잘 알잖아요? 각오하고 있었던 거 아니에요? 한 시라도 빨리 가보시는 게 좋을 거 같아서 제가 일부러 찾아왔어요."

"윤 비서님이 왜요?"

"저도 사람입니다. 제가 보기에 두 분은 애초에 만나지 말았어야 했어요. 두 분 다 뭔가 잘못된 운명 속으로 휘말린 거 같아 안타까워요."

"윤 비서님은 저와 다이애나가 서로에게 진심이 있다고 믿으세요?"

"어떤 경우에도 본인이 선택했으면 진심이 있는 거 아닌가요?"

나는 새삼 나와 다이애나의 사이를 가장 정확하고 냉정하게 파악하고 있는 사람이 윤이라는 생각이 들었다. 그러자 크게 할 말이 없었다. 윤과 더 이상 말을 나누는 것이 부담스러웠다. 점점 더 나 자신을 냉정하게 들여다보게 될 것 같아 그 자리를 피하고 싶었다. 나는 잔뜩 구겨졌던 인상을 펴고 다소 부드럽게 말했다.

"윤 비서님이 어떤 마음으로 오셨는지 잘 알았어요, 고마워요. 그런데 제 일은 제가 알아서 할게요."

다음 날 자정이 가까운 시간, 나는 오피스텔 창가에 서서 유람선이 떠가는 것을 내려다보며 다이애나가 가만히 있지 않을 거라는, 무엇보다 마리를 해칠지도 모른다는 생각에 이르렀다. 그러자 머릿속이 하얘지며 심장이 마구 떨렸다. 아무래도 더 이상 피하면 안 될 것 같았다. 나는 서둘러 샤워를 했다. 편안한 옷을 걸치고 지체 없이 오피스텔을 나섰다. 다이애나의 아파트를 향해 빠른 속도로 차를 몰았다. 그러면서 두 번이나 교통사고를 일으킬 뻔했다. 한 번은 중앙선을 넘어가 마주 오는 차와 충돌하기 직전에 핸들을 틀었고, 한 번은 붉은 신호등을 보면서도 멈춰야 한다는 생각을 못 하고 교차로를 지나쳤다. 두 번 다 요란한 경적 소리를 듣고 깜짝 놀라며 위험한 고비를 넘겼다. 나는 결국 비상등을 켠 채 길 한쪽에 차를 세웠다. 그러곤 한동안 눈을 감고 앉아 정신을 가다듬고 난 뒤에야 다시 운전을 했다.

샤워로 젖은 머리카락이 마르기도 전에 다이애나의 아파트에 도착한 나는 심호흡을 하고 초인종을 눌렀다. 인터폰을 통해 누구냐고 묻는 소리가 흘러나오지도 않고 문이 덜컥 열렸다. 나는 어떤 수모도 참아내야 한다는 생각을 하며 현관으로 발을 들여놓았다. 다이애나는 거실에서 창밖을 내다보며 등을 보이고 서 있었다. 어디에 다녀왔는지 외출복을 그대로 입고 있었다. 윤은 보이지 않았다. 나는 왔어요, 하고 말을 걸었다. 다이애나가 몸을 돌려 잠시 나를 쳐다본 뒤 소파로 가서 앉았다. 표정이 좋지 않았다. 나는 어쩔 줄 모르고 그 앞에 서 있었다.

다이애나는 그런 나를 눈도 깜박이지 않고 한동안 올려다보았다. 그러곤 알 수 없는 미소를 지으며 가까이 다가왔다. 나는 어떤 표정을 지어야 할지 몰라 엉성하게 웃으며 고개를 숙였다. 그때, 그녀의 손이 매섭게 나의 뺨에 닿았다. 나는 눈을 감은 채 얼마든지 때려도 좋다는 식으로 버티고 서 있었다. 그러자 그녀가 다시 한 번 뺨을 때리며 외쳤다.

"둘 다 가만두지 않을 거야!"

나는 그때서야 눈을 뜨고 그녀를 바라보았다. 그녀가 다시 외쳤다.

"넌 단 한 번도 나를 진실로 대하지 않았어."

나는 차분하게 말했다.

"우리에겐 처음부터 진실이 없었어요. 서로의 필요에 의해 거래를 한 거잖아요."

내 말이 끝나기도 전에 다이애나는 또다시 내 뺨을 때리며 악을 썼다.

"뭐라고? 나쁜 자식! 그래서 앞으로도 계속 나를 그렇게 대하겠다는 거야?"

다이애나는 감정이 격해져 말을 제대로 잇지 못했다. 거칠게 숨을 몰아쉬며 외쳤다.

"둘 다 죽여버릴 거야!"

그 순간, 나는 케이의 말이 떠올라 몸서리를 쳤다. '그래서 무수한 소문이 나돌았었어. 왜냐하면 그때 이수가 다른 여자를 만나고 있었거든. 그런데 갑자기 추락사를 했다는 거야. 그러니 다이애나가 산으로 데리고 가 아래로 밀어버렸다는 소문이 난 거지. 그런데 재밌는 건 얼마 지나지 않아 이수가 만나던 여자도 교통사고로 죽은 거야.'

다이애나의 소문이 사실일 수도 있다는, 다이애나가 충분히 그럴 수 있는 여자라는 생각을 하며 나는 데미안의 실내를 둘러보았다. 그러자 걷잡을 수 없이 불안감이 밀려들었다. '왜 마리가 아직도 출근을 하지 않는 거지?' 나는 휴대폰을 열어 시각을 확인했다. **11시 8분**. 다이애나가 약속한 11시가 훌쩍 넘어 있었다. 그런데 모든 게 이상했다. 11시가 넘었는데 다이애나에게서 전화가 오지 않는 것도, 마리가 출근을 하지 않는 것도. 나는 의아한 표정으로 장을 쳐다보았다. 장 역시 의아한 표정으로 나를 쳐다보았다. 그러다가 고개를 절레절레 저은 뒤 갸우뚱하며 나에게 말했다.

"너, 정말로 몰라서 그래?"

"뭘요?"

"마리 여기 그만뒀어."

"무슨 소리예요? 그런 말 없었는데."

"지난 금요일에 다이애나가 마리를 만나러 왔었고, 그날 바로 그만두고 떠났어."

"네? 지난 금요일이라고요?"

나는 순식간에 모든 상황이 정리되었다. 다이애나는 마리를 만난 뒤 나의 오피스텔로 온 것이었다. 그것도 모르고 나는 코카인을 들이마신 채 개처럼 기어가 다이애나와 섹스파티를 벌인 것이었다. 나는 아무런 대꾸도 못 하고 그저 멍하니 앉아 장의 말을 들었다.

"마리와 네가 그 정도로 가까운 사이라는 걸 알았으면 다이애나에게 널 소개하지 않았지. 다른 방법을 찾아봤지. 왜 나에게 말을 하지 않았니? 그랬으면 이렇게까지 되지는 않았을 텐데."

나는 더 이상 아무런 말도 들려오지 않았다. 장이 무슨 말인가를 계속했지만 그것은 내 귀에 닿기도 전에 공기 중에서 흩어져버렸다. 이제 어떻게 한다지? 하얗게 부서지는 정신을 모아 휴대폰을 들고 마리에게 문자를 보냈다.

마리야, 어디 있니?

마리는 대답이 없었다. 나는 열 번도 넘게 마리에게 어디에 있느냐고 물었고, 마리는 아무 대답을 하지 않았다. 마리야 제발, 하고 보내도 마리는 끝내 답을 주지 않았다. 나는 한껏 예민해져 휴대폰을 신경질적으로 탁자 위에 내려놓았다. 나의 그런 행동에 장이 재빨리 자리에서 일어나 사람들의 시선을 막아 섰다. 그러곤 내 어깨를 꽉 잡아 누르며 나를 진정시켰다. 그러나 나는 걷잡을 수 없이 절망감에 빠져들었다. 눈을 질끈 감고 밀려 나오는 신음을 삼키다가 탁자 위에 이마를 대고 쿵 쿵 쿵, 박으며 스스로를 자책했다. 장이 건네주는 물을 한 잔 마신 뒤에야 사람들의 시선을 의식해 그런 행동을 그만두었다. 이제 더 이상 데미안에 머물면 안 될 것 같았다. 다이애나도 전화를 하지 않을 것이었다. 나는 휴대폰을 집어 들고 자리에서 일어나 밖으로 나갔다.

주유소 사거리까지 단숨에 뛰어간 나는 신호등을 무시하고 횡단보도를 건넜다. 차량이 드문 도로를 질주해오던 승용차가 급브레이크를 밟으며 아슬아슬하게 나를 비켜 차선을 이탈한 뒤 멈춰 섰다. 등 뒤에서 야, 개새끼야! 하는 소리가 들려왔지만 나는 돌아보지 않고 앞을 향해 빠르게 걸어갔다. 얼마 전까지 있었던 꽃집이 사라지고 대신 구두점이 들어와 있는 걸 아쉬워하며 그곳을 끼고 돌아 골목으로 들어섰다. 그러자 저 앞에 보이는 '송영 피규어 아티스트' 간판이 눈에 들어왔다. 왠지 모르게 반가웠다. 그런 간절한 반가움을 마음에 담고 붉은 벽돌로 지은 다세대 빌라 삼 층 302호를 올려다보았다. 불이 꺼져 있었다. 그래도 나는 무작정 층계를 뛰어 올라갔다. 마리가 잠을 자고 있는 거라고 스스로를 달래며 초인종을 눌렀다. 두세 번 거듭 초인종을 눌러도 기척이 없었다. 초조한 마음을 억누르며 잠시 서성거리던 나는 더 이상 참지 못하고 주먹으로 쾅, 쾅, 쾅, 문을 두드렸다. 그때, 바로 옆 301호의 문이 열리면서 젊은 여자의 음성이 터져 나왔다.

"그 집에 지금 아무도 없어요."

얼굴에 마사지오일을 듬뿍 바른 여자가 문밖으로 고개를 비죽이 내밀고 나를 유심히 살피며 다시 입을 열었다.

"거기 어제 이사 갔다고요."

여자가 자신의 집으로 들어간 뒤에도 나는 막막한 심정으로 굳게 닫힌 마리의 집 문을 바라보며 우두커니 서 있었다. 불현듯 나 자신이 혐오스러워 견딜 수 없었다.

나는 비척거리며 거리를 헤맸다. 이제 어디로 가야 할지 알 수 없었다. 결국은 마리와 손을 잡고 수없이 거닐었던, 주유소 사거리 방향으로 걸음을 옮겼다. 횡단보도 앞에 서서 하늘을 올려다보았다. 막막했다. 마리와의 지난 시간이 한여름 밤의 꿈처럼 느껴졌다. 신호등의 녹색불이 세 번이나 꺼졌다 다시 들어온 뒤에야 나는 퍼뜩 정신을 차리고 횡단보도를 건넜다. 다시 데미안을 향해 걸어갔다. 그리고 이번엔 카페 정문으로 들어가지 않고 비상문을 통해 삼 층으로 올라갔다.

내가 머물던 방은 거의가 그대로였다. 세면대 위의 치약과 칫솔도, 그 옆 벽면의 옷걸이에 걸려 있는 하늘색 수건도, 마리가 뒷모습을 보이고 서서 오렌지 주스가 묻은 셔츠를 빨던 연회색 싱크대도, 그 싱크대 위의 선반에 놓여 있는 머그컵과

티스푼도. 또한 마리에게 사랑해, 하고 수없이 속삭였던 침대도, 그 침대 위 올리브그린 색의 시트와 베개도 그대로였다. 단 하나 달라진 것이 있다면 마리가 걸어준 액자가 어디론가 감쪽같이 사라지고 없다는 사실이었다. 방으로 들어서며 가장 먼저 액자가 없어진 걸 확인한 나는 왈칵 눈물이 솟구쳤다. 이제는 마리가 내 곁에서 영영 사라진 것이 느껴져 숨을 쉴 수가 없었다.

그래도 나는 다시 한 번 마리에게 전화를 걸어보았다. 아까와 달리 마리의 휴대폰이 꺼져 있었다. 그렇다면 내가 애타게 찾고 있다는 것을 알고 있을 터였다. 나는 마지막이라는 심정으로 '마리야, 우리 한 번만 만나서 이야기하자.' 하고 문자를 남긴 뒤 숨을 죽이고 휴대폰을 들여다보고 있었다. 역시 아무리 기다려도 답이 오지 않았다. 나는 계속 그러고 있으면 미쳐버릴 것 같아 휴대폰을 주머니에 넣었다.

그리고 예전처럼 창가 오른쪽 끝으로 다가가 커튼 속으로 들어갔다. 손으로 블라인드의 눈높이 부분을 살짝 벌리고 밖을 내다보았다. 여전히 보보스크롤의 화려한 네온사인은 빛을 발하고 있었다. 나는 기시감에 싸여 하늘을 올려다보았다. 별도 달도 보이지 않았다. 예전처럼 어디선가 비치는 한 줄기 인공적인 불빛만 규칙적으로 원을 그리며 나타났다 사라지기를 반복했다. 나는 생각했다. 내가 언제 무엇 때문에 지금과 똑같은 모습으로 이 방에 있었는지. 내 인생이 어디서부터 잘못된 것인지. 아마도 다이애나를 처음 만났던 그날인 것 같았다.

　모든 잘못은 바로 그날부터였어. 아니 어쩌면, 세상이 새어머니와 한쪽 다리를 조금 저는 중개인 같은 사람들의 것이니, 그들처럼 살아야 한다고 다짐했던 그 지점부터 내가 길을 잃어버린 것일지도. 이제는 돌이킬 수조차 없는 그런 생각을 하며 나는 커튼 속에서 빠져나왔다. 한동안 방 안을 서성거렸다. 잠시 뒤 침대에 누워 가슴 위에 손을 얹고 심호흡을 했다. 액자가 걸려 있던 곳을 올려다보며 액자 속 그림을 하나하나 떠올렸다. 마치 마리를 떠올리듯. 앞쪽 창가에 세 개의 하얀 알이 담겨 있는 새둥지와, 창문 밖 저 멀리 독수리 같은 새와 결합된 웅장한 설산이 눈앞에 그려졌다. 나는 새의 눈을 뚫어지게 응시했다. 그러자 그곳에서 더 이상 마리를 힘들게 하지 마! 하는 비난의 소리가 울려 나오는 것 같았다. 나는 더욱 심한 자책에 사로잡혔다. 어느 순간, 현기를 느끼며 이성이 지배할 수 없는 세

계로 빠져들었다. 눈이 시렸다. 그림 속 설산의 찬 기운이 내 눈
속으로 스며드는 것 같았다. 나는 눈알이 얼어붙을 것 같은 섬
뜩한 느낌에 눈을 질끈 감았다. 그 순간 가득 고여 있던 눈물이
주룩 흘러내렸다. 한순간 감정이 무너지며 발작을 하듯 컥컥
소리 내어 울음을 터뜨렸다.

겨우 울음을 멈추고 찬 기침을 하고 있을 때, 문밖에서 기연
아! 하고 나를 부르는 장의 말소리가 들려왔다. 한참 전부터 내
울음이 그치기를 기다리고 있었던 것 같았다. 나는 얼른 몸을
일으켜 세우며 네, 하고 대답했다. 곧이어 문이 열리고 장이 방
안으로 들어왔다. 그런데 정말 이상한 일이었다. 그 순간 어디
선가 커다란 새 한 마리가 푸드득 날아올라 방문 밖으로 빠져
나가는 것이 내 눈에 얼핏 보였다. 뭘까? 나는 숨을 죽이고 장
을 바라보았다. 장은 내가 본 것을 보지 못한 표정이었다. 나는
자리에서 일어나 방문 밖을 바라보며 우두커니 서 있었다. 장
이 나의 팔을 잡아끌며 말했다.

"너 왜 그래? 정신 차려!"

"……."

"기연아, 안 되겠다, 여기서 나가자."

나는 장에게 이끌려 방을 나갔다. 비상문을 열고 밖으로 나가 철제 계단에 걸터앉았다. 곧이어 장도 생수를 들고 따라 나와 내 곁에 앉았다. 나는 그가 건넨 생수를 벌컥벌컥 마신 뒤하! 하고 숨을 몰아쉬었다. 그러곤 마리와 나눴던 이야기를 떠올렸다. 마리는 액자를 걸어주며 말했었다.

"르네 마그리트의 그림이야. 나는 힘든 일이 생기면 이 그림을 보면서 희망을 가지곤 해. 내가 이 앞의 아직 깨어나지 않은 알이라고 생각하고, 저 뒤 배경을 보고 있으면 아무리 힘든 일이 생겨도 두렵지 않거든. 이제 곧 알에서 깨어나 독수리가 되어 설산을 향해 힘차게 날아갈 테니까."

나도 말했었다.

"그러니까 저 설산이 데미안에 나오는 아브락사스인 거지?"

그러자 마리는 그게 아니라고 급하게 고개를 저으며 다시 말했었다.

"이 마그리트의 설산은 희망을 얘기하지만, 데미안의 아브락사스는 천사와 악마를 공유하면서 이 세상을 지배하는 불완전한 신을 뜻하거든. 그래서 나는 데미안을 다섯 번쯤 읽어본 결과 이런 생각을 했어. 싫든, 좋든 아브락사스의 손아귀에 놓여 있는 게 인간의 운명이고, 아브락사스의 정원을 거니는 게 인간의 삶이라고."

그 당시 나는 마리를 끌어안고 키스를 하고 싶은 마음뿐이었기에 마리의 이야기가 귀에 들어오지 않았었다. 하지만 이제는 무슨 말인지 정확히 알 것 같았다. 아브락사스의 정원을 거니는 게 인간의 운명일지라도, 설산의 새처럼 희망을 갖고 살아야 하는 게 인간의 삶이라는 뜻일 거였다. 그게 아니라면 인간의 삶은 너무 슬펐다.

한동안 생각에 빠져 있던 나는 지나가는 말처럼 장에게 물었다.

"왜 카페 이름을 데미안이라고 지었어요?"

"내가 어렸을 적에 데미안을 읽고 감동을 받았거든. 지금도 힘든 일이 생기면 데미안을 펼쳐 들고 위로를 받곤 해. 이를테면 나 자신을 증오하지 않고 버티는 방법이지."

장의 말에 왠지 목이 메었다. 나는 거듭 심호흡을 하며 예전처럼 그를 불러보았다.

"형!"

그러면 그가 이제 다 잊고 그만 마리에게 가라고 진실한 충고를 해줄 것 같았다. 그러나 그는 정색을 하며 말했다.

"어쩌겠니? 마리는 잊어라."

나는 문밖으로 날아간 새를 떠올리며 혼잣말을 하듯 중얼거렸다.

"정말 그래야 할까요? 세상이 정말 아브락사스의 정원일까요?"

작가의 말

여름이면 하얀 아사면 셔츠에 남색 슬랙스를 즐겨 입는 기연은 톱스타다. 그러나 그에게도 너무 버거워 편린처럼 흩어져 있는 기억들이 있다. 그는 이제 주술에 걸린 듯 그 편린의 장면들을 하나하나 떠올리며 혼잣말을 하기 시작한다. 새는 알에서 깨어나려고 버둥거린다. 알은 곧 세계이다. 태어나려고 하는 자는 하나의 세계를 파괴해야만 한다. 새는 신을 향해 날아간다. 신의 이름은 아브락사스다.

『데미안』을 처음 읽은 것은 열세 살 때였어요. 당시엔 아브락사스가 어떤 의미인지 몰랐지요. 열여섯 살 때 두 번째 읽으면서도 그 의미를 파악하지는 못했어요. 그러나 여느 문학소녀들처럼 노란 은행잎이나 빨간 단풍잎에 '새는 알에서 깨어나려고 버둥거린다._데미안 중에서'라든지 '태어나려고 하는 자는 하나의 세계를 파괴해야만 한다._데미안 中'이라고 적어 코팅을 한 뒤 예쁘게 오려 책갈피를 만들었습니다. 물론 그것을 친구들에게 선물했지요. 그런데 삼십여 년이 흐른 뒤 한 친구가 그것을 동창회에 가져와 보이며 "네가 소설가 될 줄 알았어." 하고 말하더군요. 많은 것이 혼재된 감회에 피식, 웃음이 나왔습니다.

사실, 아브락사스의 의미를 조금이나마 알게 된 것은 스무 살이 되고 『데미안』을 세 번째 읽은 뒤였어요. 그러곤 정확한 이유를 댈 수 없는 네 번째, 다섯 번째의 숙독을 거치며 저는 소설가가 되었고, 첫 번째 소설집 『마녀물고기』 출간을 앞두고 장편소설을 하나 쓰기 시작했습니다. 그것이 바로 『아브락사스의 정원』의 초고였지요. 그런데 원고를 완성하고 퇴고를 하기 위해 잠시 접어두었다가 다시 꺼내보니 너무나 부끄러웠습니다. 치기 어린 문장에 거품이 잔뜩 끼어 용서가 되지 않았지요. 스스로에게 실망을 하며 그대로 덮어버렸어요. 어느 덧 15년 전의 일입니다.

어쨌든 버려진 원고가 부끄러움 없는 작품으로 거듭날 수 있도록 자리를 마련해주신 '나무옆의자'에 큰 감사 드립니다. 마지막 교정본을 덮으며 감히 "시작은 미약했으나"하고 중얼거려봅니다. 그만큼 제 마음속에서 『아브락사스의 정원』이 반짝반짝 빛나며 살아 숨 쉬고 있기 때문이지요. 정말 아브락사스는 천사와 악마를 공유하면서 이 세상을 지배하는 불완전한 신의 이름일까요. 그러니 싫든, 좋든 아브락사스의 정원을 거니는 게 인간의 운명일까요. 세상은 정말 그럴까요. 아니겠죠?

2017년 2월 19일 토요일 밤에
광장에서 촛불을 들고 있는 사람들의 함성을 들으며

ROMAN COLLECTION 010

아브락사스의 정원

초판 1쇄 발행 2017년 3월 10일
초판 2쇄 발행 2017년 12월 14일

지은이 이평재
펴낸이 이수철
주　간 하지순
디자인 이다은
마케팅 정범용
관　리 전수연

펴낸곳 나무옆의자
출판등록 제396-2013-000037호
주소 서울시 마포구 성미산로1길 67 다산빌딩 301호
전화 02) 790-6630 팩스 02) 718-5752

페이스북 www.facebook.com/namubench9
인쇄 제본 현문자현 종이 월드페이퍼

ISBN 979-11-86748-91-6　04810
　　　979-11-86748-04-6　(세트)

* 이 도서의 국립중앙도서관 출판예정도서목록(CIP)은 서지정보유통지원시스템
　홈페이지(http://seoji.nl.go.kr)와 국가자료공동목록시스템(http://www.nl.go.kr/kolisnet)에서
　이용하실 수 있습니다. (CIP제어번호 : CIP2017004893)